ひみつの校庭

吉野万理子

絵・宮尾和孝

もくじ

第《だい》3章《しょう》
秋に咲《さ》いたサクラ
125
第《だい》4章《しょう》
47年に一度《いちど》だけの花
169

第《だい》1章《しょう》

その植物《しょくぶつ》、まるで恐竜《きょうりゅう》!?

ハカラメ
少しくぼんだ所から芽が出た。
白いヒゲは根っこ???

「葉太《ようた》って、最近《さいきん》いいよねえ。」

ガラス扉《とびら》の向《む》こうから、女子の声が聞こえてきた。

葉太は、どきっとして一歩身《み》を引いた。女子たちは二階《かい》のろうかのはしにいて、葉太はその外の非常階段《ひじょうかいだん》にいる。十センチほど開《あ》いていた扉《とびら》をさらに開《あ》けて中に入ろうと、ドアノブに手をのばしかけていたところだった。

入ったら、きっと会話が終《お》わってしまう。もっと話を聞きたいなら、動《うご》かないほうがいいようだ。

そろそろと手を引いて、葉太は階段《かいだん》から下をながめた。校舎《こうしゃ》のわきに四本あるヤマモモのうち、二本の木が実《み》をつけはじめている。あと一か月もすれば、赤く色づくだろう。もっとも、この実《み》は、小さくてすっぱくて、ジャムにでもしなければ食べられないけれど。

五月の終《お》わりの生ぬるい風が、葉太の髪《かみ》の毛《け》をさわさわっとなでていく。

うわさ話をしているのは、同じクラスの女子たちらしい。ただ口調《くちょう》が速《はや》すぎて、だれがだれだか聞きとれない。

「うん、背《せ》がのびて、カッコよくなったよね。葉太くん。」

「足も速《はや》いしね。」

「おだやかだよね。おこってるの、見たことない。」

いやぁ、そんな。

おもわずニヤッとしてしまってから、葉太はあたりを見回し、口元を引きしめた。

みんな、忘《わす》れっぽいのかもしれない。

三年生の終《お》わりまで、背《せ》の順《じゅん》で前のほうにいた葉太は、「あまえんぼうのヨータン」と呼《よ》ばれていた。ササの葉《は》っぱで手を切って、痛《いた》い痛《いた》いといったときは、当時よくいっしょに登校《とうこう》していた望果《もか》が「あまったれだなぁ。仕方《しかた》ない。痛《いた》いの痛《いた》いの、飛《と》んでけー」となぐさめてくれたものだ。

カッコいいという言葉《ことば》は、親友の一成《かずなり》のためにあるもので、自分には縁《えん》がないと思っていた。

なのに、四年生から急《きゅう》に背《せ》がのびだして、五年生になった今では、身長《しんちょう》百六十一センチ。学校内で葉太よりも高い人は、六年生にひとりしかいない。

そして、呼《よ》び名《な》は「ヨータン」からいつのまにか「葉太くん」に変《か》わっていたのだった。

「たださぁ、葉太くんって、惜《お》しいよね。」

「あー、わかるぅ。」

「うん、惜《お》しい惜《お》しい。」

惜《お》しい？　なにが？

葉太はまるでどろぼうが室内をうかがうように、かべにぴったりはりついて、耳をそばだてた。

「あと少し、勉強《べんきょう》ができたらいいのに。ほんと惜《お》しい。」

女子たちはけらけら笑《わら》っている。葉太はおもわず、いっしょに笑《わら》ってしまいそうになって、顔を両手《りょうて》でおさえた。さすが女子って、ほめっぱなしってことないよな。最《さい》後《ご》はダメ出し。しかも、それがするどい。

カタンカタン、と非常階段《ひじょうかいだん》の下から音が少しずつ近づいてくることに、葉太は気づいた。

「あ、カズ。」

一成が一階《かい》から上がってきたのだった。右手はいつもどおり、野球《やきゅう》のボールをキュッキュッとつかんで握力《あくりょく》をきたえている。野球部《やきゅうぶ》のピッチャーで、五年生にしてエース。昼休みでさえも、トレーニングは欠《か》かさないのだ。

「下から見たら、おまえのようすが変《へん》だからさ。だれかに閉《し》めだされて、泣《な》いてんのかな、って思ってさ。」

へへへ、と笑《わら》いながら、葉太は手すりをつかんで、おもいきり背筋《せすじ》をのばした。

「泣《な》いてないよ～ん。」

「ま、おまえが泣《な》いてるとこ、見たことないけどな。」

「えへへ。ヤマモモ、見てた。ほら、あそこに実《み》が。」

「この木を見てさ、ヤマモモって名前がいえる小学生は、うちの学校のやつらだけかもしれねーよ。」

「え？」

「低学年《ていがくねん》のころ、『草と木と花を知ろう』って授業《じゅぎょう》あったろ？　あれ、よその学校ではやってないらしい。うちだけだって。」

「へえ。やっぱ、うちは変《か》わってるのなかぁ。木の数も多いし。昔《むかし》、植物園《しょくぶつえん》だったんだよね？」

「らしいな。なぞだよな。」

「え、なにが。」

「植物園《しょくぶつえん》が二つに区切《くぎ》られてるだろ？　フェンスで。半分は学校の校庭《こうてい》になって、半分は植物園《しょくぶつえん》の元園長んちの庭《にわ》になってる。」

一成はそういいながら、指さした。けれど、木がしげっているので、二メートルの高さのフェンスはここからは見えない。

「学校と植物園《しょくぶつえん》って、大昔《おおむかし》、同じころにできて、ずっと仕切《しき》りはなくて自由《じゆう》に行き来できたらしいぜ。なのに、十五年くらい前、とつぜんフェンスができたんだってよ。」

「それって、なんか意味《いみ》があんのかな。」

「学校と元園長がケンカしたのか……それとも、園長の庭《にわ》のほうで子《こ》どもには見せたくない怪《あや》しい植物《しょくぶつ》を栽培《さいばい》しはじめたとか？」

「うーん、どうだろ。」

そよ風がヤマモモの枝《えだ》をゆらし、イチョウの葉《は》をゆらし、クスノキの上を吹《ふ》きぬけていった。

葉太はもっと現実的《げんじつてき》な質問《しつもん》をした。

「そういえば、『ぼくの木わたしの木』、どうした？」

「すっかり忘《わす》れてた。一年坊主《ぼうず》は、真面目《まじめ》にやってるみたいだけどな。ほら。」

実《み》をつけたヤマモモの木の下に、一年生の男子がいて、ノートになにやら書きこんでいる。

この小学校に入学すると、「ぼくの木わたしの木」と表紙《ひょうし》に書かれたノートを一冊《さつ》もらう。そして、ひとりずつ担当《たんとう》の木が決《き》められる。べつに、水や肥料《ひりょう》をあげる担当《たんとう》というわけではない。観察《かんさつ》するのだ。六年間、その木を毎月見て、気がついたことをノートに書く。それが決《き》まりなのだった。入学してから半年くらいは「草と木と花を知ろう」の授業《じゅぎょう》で、その木を観察《かんさつ》しに行っていたのだが、それ以降《いこう》は各自《かくじ》に任《まか》されている。

「葉太の担当《たんとう》はなんだっけ。」

「えっと……ハカラ……メ？　やべー。名前をちゃんといえないって、観察《かんさつ》してないのがバレバレだ。」

「はは、いいよ。おれもだから。」

「カズの木は？」

「クヌギ。」

「さすがメジャーな木。いいな。」

「べつによくないよ。」

「だって、虫がいろいろ来るだろう？　カズの木なんだから、カブトムシやクワガタがいたら、それもカズのものなんだよな。」

一成は首をすくめた。

「もう二年くらい、木のそばには行ってねーからわかんね。どっちにしろ、背《せ》が高すぎてつまんねーんだ。」

「そうなの？」

「下のほうに枝《えだ》が少なくてさ。デカすぎて、上のほうがちっとも見えねえ。だから、観察《かんさつ》ノートに書くこともない。」

「おれはハカラメんとこ、三年以上《いじょう》行ってないかも～。」

「げ、おれより長いじゃんか。」

「だって、見に行く用事《ようじ》、ないしさ。」

ことがあまりに重大《じゅうだい》すぎて、一成にいう勇気《ゆうき》が出ないのだが、葉太が林へ足をふみいれなくなったのには、大きな理由《りゆう》があった。

実《じつ》は枯《か》れてしまったのだ。一年生の二月、葉太が二か月ぶりにハカラメを見に行くと、葉《は》っぱに異変《いへん》が起《お》きていた。葉《は》のふちが赤茶色にそまり、茶色の斑点《はんてん》があちこちに出ていて、木全体《ぜんたい》がしおれていた。自分が観察《かんさつ》をさぼったせいだ。葉太はそう思って、ノートを閉《と》じて、逃《に》げ出《だ》したのだった。以来《いらい》、一度《いちど》も訪《たず》ねていない。

それから一年たち二年たち、べつに自分のせいではなかったのではないか、と思うようになった。あのとき、先生にいえばよかったのだ。担当《たんとう》の植物《しょくぶつ》がダメになってしまったから、別《べつ》の木にかえてほしい、と。けれど、時がたってしまうと、いまさらいえない。

「そんなに観察《かんさつ》してないなら、おまえ、ノートなくしてたりして。」

「え、まだ必要《ひつよう》?」

少なくともこの一年、見かけたおぼえはない。うす緑色《みどりいろ》の大学ノートで、表紙《ひょうし》の「ぼくの木わたしの木」という文字は、ツタの葉《は》がうねるようなデザインになっているのだ。どこかの文具店《ぶんぐてん》でかわりを買うわけにはいかない。

「そりゃ、いつかは先生、チェックするんじゃないか？　卒業《そつぎょう》の前とか。」

「ええ〜。」

「おれはロッカーにいちおう入れてるよ。」

「やばいか……やばいかな……。」

チャイムが鳴った。やばいやばい、とは思いつつ、葉太の頭は切りかわった。女子たちがドアのすぐそばにいないか、それを確認《かくにん》するほうが先だ。ガラス窓《まど》からのぞきこむと、もう教室へもどったみたいだった。

「なにやってんだよ。」

一成が背中《せなか》をつつく。

「いや……実《じつ》はさ……さっき、女子がおれのこと、カッコいいとかウワサしてたから。」

「ああ、それで、かべにはりついてたのかよ。」

「へへ。立ち聞き。」

「じゃあ、そろそろラブレター来るかもな。」

「え？」

「おれの引き出し、ときどき入ってるよ。女子からの封筒《ふうとう》。」

「ええっ。」

ちょっ、もっと聞かせて。そう思うのに、一成はさっさと教室に入っていってしまった。

待《ま》ってよぅ。カズってばぁーっ。

甘《あま》えた声を出しそうになって、葉太はのどの奥《おく》へおしもどした。二年前だったら、それが日常《にちじょう》だったのだけれど、今だったら女子にこう指摘《してき》されそうだから。

葉太くんって、甘《あま》ったれなところも惜《お》しいよね。

＊

五時間目の授業《じゅぎょう》は国語だ。先生が、教科書の物語《ものがたり》に出てくる新しい漢字《かんじ》を、黒板《こくばん》に次々《つぎつぎ》と書いている。

葉太は、引き出しのなかのノートと教科書をひざの上に積《つ》みあげて、間にラブレターがはさまっていないか一冊《さつ》ずつ確認《かくにん》した。なにもなかった。

それから、引き出しに残《のこ》っているものがないか、両手《りょうて》でさぐった。

かさかさ、と指《ゆび》の先で、紙が動《うご》く。ひっぱりだしたら、お母さんに渡《わた》しそびれていたＰＴＡのお知らせだった。日付《ひづけ》が二週間も前なので、いまさら持《も》って帰っても、かえっておこられるかもしれない。それでもバッグに入れるか、あるいはゴミ箱《ばこ》に捨《す》てるか迷《まよ》いながら、左手でさらに探《さぐ》った。

あれ、なんだろう。この小さめの紙は。もしかしたらメモかもしれない。長々《ながなが》としたラブレターではなくて、「体育館《たいいくかん》の裏《うら》で待《ま》っています」というような、短《みじか》いメッセージ。

もし、だれかにそんなメモをもらえるのだとしたら、あの子がいいなぁ、と葉太はななめ前に座《すわ》っている窓華《まどか》の背中《せなか》をちらっと見た。黒くて長い髪《かみ》の毛《け》が、うすピンク色のTシャツの真《ま》ん中あたりまでおおっている。いつも、ヘアバンドをつけていて、今日は紺色《こんいろ》の地味《じみ》なものだった。葉太は花柄《はながら》のヘアバンドが一番好《す》きで、それをつけている窓華を見ると、神社《じんじゃ》のおみくじで大吉《だいきち》を引いたような気分になる。

逆《ぎゃく》に、ラブレターを絶対《ぜったい》にくれなそうなのは、前から二番目の席《せき》に座《すわ》っている望果だ。釣《つ》り目《め》で、顔がホームベースの形をしている。家が近所《きんじょ》で、葉太のお母さんはよく「望果ちゃんって勝気《かちき》そうな顔よねえ」といっていた。昔《むかし》は葉太の世話《せわ》を焼《や》いてくれるなど、面倒見《めんどうみ》がよかったのに、上級生《じょうきゅうせい》になってからはとにかく男子にきびしい。

今も、となりの席《せき》の健治《けんじ》がえんぴつを床《ゆか》に落《お》としたら、声を出さず、口だけ動《うご》かしている。ばーかばーか、っていってるんだな、と葉太にもかんたんに想像《そうぞう》ついた。

葉太は人差《ひとさ》し指《ゆび》で、紙切れをつまんで、引き出しの中から取《と》りだした。見てみると、それは紙切れではなかった。

「なんだよ。」

緑色《みどりいろ》の葉《は》っぱだった。なぜこんなものが引き出しの奥《おく》に入っていたのかわからない。

「『なんだよ』ってなにかしら？　芝咲《しばさき》くん。じゃあ、今いったところ読んでもらえる？」

「えっ。」

葉太はハッとして前を見た。窓華がこちらを振《ふ》りかえる。教壇《きょうだん》からは、担任《たんにん》の小島《こじま》先生が、くちびるをキューッと左右にのばしてこっちを見ている。まずい。これは、先生のキゲンが悪《わる》くなっていくときの表情《ひょうじょう》なのだ。

あわてて葉太は教科書を手にとった。何ページを開《ひら》いたらいいんだろ。

「立って読んでね。」

「はい。」

立ち上がったとたん、ひざから、ノートと教科書が床《ゆか》へなだれを起《お》こしてすべり落《お》ちていった。

「う、やべ。」

「バカだ、あいつ。」

冷《つめ》たくいい放《はな》った望果の声をかき消《け》すように、あーははははっははははーっ、と、窓華がそっくり返《かえ》って笑《わら》いだした。

あ、やったぜ。

こんな状況《じょうきょう》だけれど、ノートと教科書を拾《ひろ》い集《あつ》めながら、葉太は机《つくえ》の下でガッツポーズをしたくなった。

窓華は、とにかく笑《わら》い上戸《じょうご》なのだ。くだらないダジャレでも、面白《おもしろ》がってくれる。いったん笑《わら》いだすと、自分でも止められないらしくて、けーらけらけら、くすくすくす、というのが五分くらい続《つづ》くこともある。

そんなとき男子は、本人に対《たい》しては「うるせーよ」といいながらも、かげでは、窓華を笑《わら》わせたぜ、と自慢《じまん》しあっているのだった。

最後《さいご》の一冊《さつ》は、窓華がひろってくれた。机《つくえ》の上に置《お》きながら、まだプププと笑《わら》っている。

「もういいです。芝咲くん、座《すわ》って。」

先生は、窓華をしかるわけにもいかず、ため息《いき》をついてから教科書を自分で読みはじめた。

他《ほか》の科目の教科書とノートをしまいながら、葉太は、机《つくえ》の上に置《お》いた葉《は》っぱをちらっと見た。引き出しの中に入っていたわりに、茶色く枯《か》れているわけでもなく、まだみずみずしい緑色《みどりいろ》だ。

教科書に目をもどそうとして、再《ふたた》び葉《は》っぱを見た。

葉《は》っぱのはしから、なにかのびている。

クキだ。そしてその先には、小さな小さな葉《は》が開《ひら》いているではないか。

葉《は》っぱから、どうして新しい芽《め》が……。

んぷ、と葉太は声がもれないように、口を左手でおさえた。

これ……ハカラメだ！

自分が担当《たんとう》している「ぼくの木」ではないか。葉《は》っぱを右手でしっかりつかんで、表《おもて》を見て、裏返《うらがえ》して、また表《おもて》を見る。

担当《たんとう》の木が決《き》まった一年生の春、そういえば先生が説明《せつめい》してくれた。ハカラメっていうのは、葉《は》っぱから芽《め》が出るから「葉《は》から芽《め》」なんだよ。

一年生の頃《ころ》は、そういう植物《しょくぶつ》は非常《ひじょう》にめずらしいのだ、ということに気づいていなくて、聞き流《なが》していた。

それにしても、あの植物《しょくぶつ》は枯《か》れてしまったのに。ほかの場所《ばしょ》にも生えているのだろうか。

確《たし》かめに行きたい。

葉太は、国語のノートを開《ひら》いて、すみっこに葉《は》っぱをスケッチしはじめた。先生が、もう一度《いちど》指名《しめい》してこなかったのは、本当にラッキーだった。

＊

林のなかを風が流《なが》れるたび、あちこちに木漏《こも》れ日《び》が射《さ》しこみ、そしてまた消《き》える。イチョウの木は、小道をはさんで向《む》かい側《がわ》のクスノキと、まるで握手《あくしゅ》をするように枝《えだ》と枝《えだ》をくっつけている。

一年生のとき、木々《きぎ》の上からカラスがのぞきこむと、おなかがキュンと痛《いた》くなるほど緊張《きんちょう》した。どうしてあの頃《ころ》はこわかったんだろう。ふしぎになってしまうほど、気《き》持《も》ちのいい散歩道《さんぽみち》だ。

葉太は、林に入って、小道に沿《そ》って南側《みなみがわ》へ向《む》かった。八十メートルほど歩き、つきあたりに近くなったところで立ち止まった。

「あ……。」

あった。アメリカデイゴとサルスベリにはさまれるようにして、ハカラメは、あざやかな緑色《みどりいろ》の葉《は》をたくさんつけていた。

「枯《か》れてなかったんだ……。」

しかも大きくなっていた。一年生の頃《ころ》、一メートルに満《み》たなかったハカラメが、今は百三十センチにまで育《そだ》っている。

あんなに葉《は》っぱが赤茶色になって、しおれてしまって、そこからどうやって復活《ふっかつ》したのだろう。

考えながらぼんやりと周囲《しゅうい》の木々《きぎ》を見上げたら、左どなりのサルスベリの枝《えだ》を、リスが走り下りていって、ハカラメの横《よこ》を抜《ぬ》けて、アメリカデイゴにのぼっていった。くねくねと曲《ま》がった枝《えだ》のこの木は、六月頃《ごろ》から真《ま》っ赤な花をつけ始《はじ》めるが、今はまだ緑色《みどりいろ》の葉《は》っぱだけがしげっている。

入口のイチョウのあたりに人影《ひとかげ》が見えた。ぽってりとしたおなかを白いシャツでつつんで、長ズボンに革靴《かわぐつ》をはいている。校長先生だ。

きっとハカラメのことをきいたら教えてくれるに違《ちが》いない。「草と木と花を知ろう」の授業《じゅぎょう》の受《う》け持《も》ちは、校長先生だったのだ。

一成がいうには、校長先生は、ここが植物園《しょくぶつえん》だったころ園長をやっていた人の親《しん》せきだそうで、だから植物《しょくぶつ》にとてもくわしい。

でも、葉太はききに行かなかった。

それより、観察《かんさつ》ノートを見つけるほうが先だ。

林を出て、まだドッジボールをやっているクラスの仲間《なかま》に手を振《ふ》って、葉太は家に向《む》かった。

帰宅《きたく》して晩御飯《ばんごはん》を食べるとすぐ、けんめいに部屋《へや》を探《さが》した。

まずい。どこにやったのだろう。

きっと本棚《ほんだな》にあるはずだと思っていた観察《かんさつ》ノートは、見つからなかった。葉太は、二階《かい》の自分の部屋《へや》を出て階段《かいだん》を下りた。

お母さんは、台所《だいどころ》で夕食の片付《かたづ》けをしていた。とても体が大きいので、身《み》に着《つ》けているラージサイズのエプロンが、ちょっぴり小さく見える。体だけではなくて声も大きい。テレビから流《なが》れてくる音楽に合わせて口ずさんでいるのだが、口ずさむというよりお腹《なか》に力を入れて本気で歌っているように聞こえる。

「お母さん。」

呼《よ》ぶと、お母さんは、洗剤《せんざい》のついた皿《さら》とスポンジを持《も》ったまま、葉太のほうをふり返《かえ》った。

「お父さんの部屋《へや》入っていい？　探《さが》し物《もの》があって。」

「別《べつ》にいつだって入っていいよ。わざわざ、ききに来なくてもだいじょうぶ～。」

最後《さいご》の言葉《ことば》は、節《ふし》をつけて歌うようにいって、皿《さら》の洗剤《せんざい》をお湯《ゆ》で流《なが》している。

「わかった。」

葉太は、階段《かいだん》を上がってすぐの部屋《へや》へ行って、扉《とびら》を開《あ》けた。空気がよどんでいるかと思ったら、そうでもなかった。お母さんがよく窓《まど》を開《あ》けて換気《かんき》しているのだろう。

部屋《へや》の中はお父さんが生きていた頃《ころ》のままになっているそうだ。クローゼットには洋服《ようふく》がかかっているし、ベッドの横《よこ》の台には、目覚《めざ》まし時計が置《お》かれている。もっとも、お父さんが亡《な》くなってから八年、一度《いちど》も電池を入れかえていないから、とっくに針《はり》は止まっているけれど。

「おじゃましまーす。」

書棚《しょだな》の中段《ちゅうだん》に飾《かざ》られている写真《しゃしん》に向《む》かって、葉太はあいさつした。

写真《しゃしん》のなかのお父さんは、肩幅《かたはば》が広くて日焼《ひや》けしていてカッコよかった。身長《しんちょう》は百八十七センチもあったという。これを撮影《さつえい》したのは趣味《しゅみ》の海釣《づ》りに行った日で、大きなマダイが釣《つ》れてゴキゲンだったのだと、お母さんが教えてくれた。

床《ゆか》には、いくつか段《だん》ボールがあった。

「これかな。」

小さな段《だん》ボールを開《あ》けると、違《ちが》った。園芸雑誌《えんげいざっし》の束《たば》だった。表紙《ひょうし》が黄ばんでいるが、お母さんは捨《す》てられないみたいだ。

もうひとつ、大きめの段《だん》ボールを開《あ》けてみた。低学年《ていがくねん》の頃《ころ》の教科書やドリルが入っていた。取《と》りだしていくと、一番底《そこ》から探《さが》していたものがでてきた。「ぼくの木わたしの木」と書かれた観察《かんさつ》ノート。

「あったよ〜。よかった。」

お父さんの写真《しゃしん》に、葉太は報告《ほうこく》した。

ぺらぺらとめくっていくと、うまっていたのはほんの数ページだけだった。

「げー、ヘタ。超《ちょう》ヘタクソ。」

おもわず笑《わら》ってしまう。緑《みどり》の色エンピツで描《か》いたハカラメの絵は、サクラの木にもイチョウの木にも見える、雑《ざつ》なものだった。日《ひ》づけによれば、一年生の五月にかいたイラストだ。

葉太は段《だん》ボールに教科書をもどしていった。もう一度《いちど》開《あ》けることは早々《そうそう》ないだろうから、おしいれの中にしまっておこう、と立ち上がった葉太は、

「イテ。」

と顔をしかめた。頭が、部屋《へや》の天井《てんじょう》からぶらさがっている照明器具《しょうめいきぐ》に当たったのだ。前にここへ来たときは、真下《ました》を歩いてもぶつけなかったのに。また身長《しんちょう》がのびたのかもしれない。

ねえ、お父さん。背《せ》がどんどん高くなって、二メートルとか三メートルになったらどうしよう、って心配《しんぱい》したことなかった？

写真《しゃしん》のなかのお父さんが面白《おもしろ》がって、ははは、と笑《わら》っている気がする。

「へへ。じゃあね、おじゃましました。」

葉太は部屋《へや》を出て、扉《とびら》を閉《し》めた。

＊

「ごめんね。図鑑《ずかん》は貸《か》し出しできないの。」

司書《ししょ》の先生にそういわれて、葉太はガクッとうなだれた。

入学して初《はじ》めて、放課後《ほうかご》、自主的《じしゅてき》に図書室へ来たのに、そして初《はじ》めて自主的《じしゅてき》に本を借《か》りようとしたのに、よく見れば背表紙《せびょうし》に「禁《きん》」という赤いマークがはられていた。

借《か》りたかったのは植物《しょくぶつ》の図鑑《ずかん》だ。ハカラメの写真《しゃしん》が出ていたので、もっと読みたいと思ったのに。

「そこのつくえで、読みたいページを読むのは自由《じゆう》よ。どうしてもコピーしたいページがあったら、先生、教員室《きょういんしつ》でやってきてあげるよ。」

はげますような口調《くちょう》で、先生がいってくれる。

「はぁい。」

葉太は、窓際《まどぎわ》の席《せき》に座《すわ》った。レースのカーテンごしに西日が射《さ》しこんできて暑《あつ》い。

席《せき》を移《うつ》ろうか迷《まよ》っていたが、そのうち気にならなくなった。ハカラメのページに、知らないことがいっぱい書かれていたから。

葉太は、観察《かんさつ》ノートを開《ひら》いた。今日、休み時間に、すでにあの葉《は》っぱの絵を描《か》いておいた。

そのとなりのページに書きこんでいく。
○ハカラメの正しい名前はセイロンベンケイ。

○もともとは南アフリカの植物《しょくぶつ》。
○日本では、沖縄《おきなわ》や小笠原諸島《おがさわらしょとう》に生えている。

ここで、葉太は地図を書棚《しょだな》から引っ張《ぱ》りだしてきた。
小笠原《おがさわら》、小笠原《おがさわら》……。あった。東京都《とうきょうと》なんだって。でも東京からはるかはるか南の海の上にある島《しま》。

さらに、図鑑《ずかん》にもどって続《つづ》きを読む。

○葉《は》に、水を吹《ふ》きかけたり、水を入れた皿《さら》につけたり、土の上に置《お》いたりすると、芽《め》が出てくる。

あ……葉太は、バッグのポケットに入れていたハカラメの葉《は》を取《と》りだしてみた。表《ひょう》面《めん》がかさかさかわいている気がする。家へ帰ったら、すぐに水をかけてあげなくては。

不意《ふい》に後ろからだれかに首をつままれて、葉太は、ひぃぃ、と声を上げた。

「図書室では静《しず》かに。」

一成が、そういいながら、となりの席《せき》に座《すわ》った。

「なにしてんだよ。おまえが図書室にいるって、カラスが温泉《おんせん》につかってるのと同じくらい、ありえないんだけど。」

「え、なにそのたとえ～。」

窓華がいたら、けらけらころころ笑《わら》い転《ころ》げそうだ。

「勉強《べんきょう》してるんだよ。悪《わる》いかい？　芝咲葉太、このたび生まれ変《か》わりましたので。」

わざとつんとしていうと、一成は、

「女子も、さっきそう話してたぞ。」

と声をひそめていうので、葉太は図鑑《ずかん》から目をはなして、一成のＴシャツのそでをつかんだ。

「もっとくわしく。」

「だから〜、おまえがさっき教室で、この観察《かんさつ》ノート書いてたろ？　そしたら、女子たちが『葉太くん勉強《べんきょう》してる』『マジメな表情《ひょうじょう》もかっこいい』だって。」

「あの〜、カズ。作り話してないよね。」

「なんでおれが、おまえの喜《よろこ》ぶような作り話をしてやらなきゃなんねーんだよ。じゃあ、つけたしてやるよ。望果だけはほめてなかったよ。どうせ三日で終《お》わるって。」

「望果は別《べつ》にいいんだ〜。じゃあ、ほかの女子の話は本当なんだね？」

葉太はふにっと笑《わら》った。

「ほっぺたが垂《た》れ下がってるぞ。」

「そうかぁ。思わぬ効果《こうか》だなぁ。これで本当にラブレターが来るかもな〜。」

「授業中《じゅぎょう》に確認《かくにん》するのはやめろよ？」

「観察《かんさつ》ノート、まるまる一冊《さつ》書き終《お》わるまで、やり続《つづ》けようっと。でも、終《お》わったらやることなくなっちゃうか。」

「書き終《お》わったら、二冊目《さつめ》に行けばいい。」

「え？」

「校長先生のとこ行けば、二冊目《さつめ》をくれるっていってたろ？」

「いつ？」

「一年のとき。このノート配《くば》りながら先生が。」

「げ、そんな昔《むかし》のこと、よく覚《おぼ》えてるよな～。で、カズはなにしに来たの？」

「おれはね、おまえと違《ちが》って図書室の常連《じょうれん》なの。」

「え、そうなんだ。知らなかった。」

「おまえ、全然《ぜんぜん》来たことないもんな。おれはいつも、クラブない日は、ここで宿題《しゅくだい》をやっつけてるわけ。」

「なんで家でやんないの？」

「家に宿題《しゅくだい》を持《も》ち帰らない主義《しゅぎ》でね。家では塾《じゅく》の勉強《べんきょう》と、あとゲームのみ。」

「へえ～。」

葉太が感心《かんしん》している間に、一成はさっさと算数のドリルを取《と》り出した。

「それ、来週の月曜日までだよね？」

「早め早めに片付《かたづ》けるのが、おれの主義《しゅぎ》。」

「将来《しょうらい》、総理大臣《そうりだいじん》になれるかも。」

「プロ野球選手《やきゅうせんしゅ》を目指《めざ》してるんだけどね。」

一成が問題《もんだい》を解《と》きはじめたので、葉太も図鑑《ずかん》にもどった。

○英語《えいご》では、ハカラメは「グッドラックリーフ」と呼《よ》ばれている。これは「幸運《こううん》の葉《は》」という意味《いみ》。
○暑《あつ》さには強いが、寒《さむ》さには弱いため、冬は家に入れるのがよい。

ああ、やっぱりそうだったのか。

植木鉢《うえきばち》だったら、家に入れられるけれど、地面《じめん》に植《う》えていたら、入れることなんてできない。あのハカラメは冬の間、枯《か》れかけて、でもたえぬいたんだ。

あそこで、ひとりがんばっていた姿《すがた》を想像《そうぞう》すると、急《きゅう》に会いに行きたくなった。

葉太は図鑑《ずかん》をもとへもどしに行って、バッグに観察《かんさつ》ノートと筆記用具《ひっきようぐ》をしまった。

「帰るのかよ。」

一成がきいてくる。

「林のなかに行ってくる。ハカラメをちょっと見てくるよ。」

「ふうん……おれも行こうかな。」

「ドリルは？」

「月曜までだし。」

ふたりは、昇降口《しょうこうぐち》でくつをはきかえて、グラウンドに出た。風が強くて、土ぼこりが舞《ま》っている。左手に見える林は、西日を浴《あ》びて、少しくすんだ緑色《みどりいろ》に見える。

「かわいそうだよね。林の木って。」

歩きながら葉太は、一成にいった。

「かわいそう、って何が。」

「ほら、正門の横《よこ》にはウメの木とユズの木があって、通用門の横《よこ》にはサクラとハナミズキがあって、プールの前にはソテツがあって。それはみんな、いつの間にか名前を覚《おぼ》えるよね。先生が、ソテツの前に集合《しゅうごう》！　とか、いうからさ。」

「うん。」

「でも、林のなかの木って、覚《おぼ》えてもらえない。」

「そもそもうちの学校、木の数が多いもんなぁ。少なくとも三百六十本以上《いじょう》の木があるってことだろ？」

「そんなに？」

「だって、全校生徒《ぜんこうせいと》が三百六十人だろ？　ひとりひとり、担当《たんとう》の木があるわけだからさ。」

「だれも担当《たんとう》してない木も、たくさんありそうだよね？」

「じゃあ、五百本くらいあんのかもな。」

木立のなかに入ると、木がさえぎってくれるためか、風をあまり感《かん》じなくなった。

上のほうの枝《えだ》だけがしなり、ざわざわと音を立てている。

木の枝《えだ》から、大ぶりの白い花がいくつものぞいていて、おもわず目を閉《と》じて深呼吸《しんこきゅう》したくなるような、いい香《かお》りがただよってくる。その幹《みき》のそばに小さな札《ふだ》があって、「タイサンボク」と書かれていた。

真《ま》っ黒《くろ》のチョウがひらひらと舞《ま》って、葉太たちの頭上を通りすぎていく。

「すげー、一瞬《いっしゅん》カラスかと思った。」

葉太が笑《わら》うと、一成はぼうしを深々《ふかぶか》とかぶって、見ないふりをしている。

「おれ、でかいチョウ、いまいち好《す》きじゃねえ。で、おまえの木ってどれ。」

「これ。」

葉太は目の前の木を指《さ》した。

「へえ、なんか地味《じみ》だな。ちっせーし。」

一メートル三十センチほどなのだが、右どなりのアメリカデイゴは倍《ばい》近い高さがあるので、たしかに小さく見える。

けれど、大事《だいじ》な木が悪《わる》くいわれっぱなしではかわいそうだ。葉太は長所《ちょうしょ》を探《さが》した。

「でもほら、葉《は》っぱは一枚《まい》一枚《まい》、分厚《ぶあつ》いんだよ。」

「ふーん。」

葉太は木の根元《ねもと》をスケッチした。木全体《ぜんたい》だけではなくて、細かい部分《ぶぶん》を少しずつ描《か》いていったら、いろんな発見《はっけん》がありそうだ。

「で、カズのクヌギはどこだっけ。」

一成が退屈《たいくつ》そうにしていることに気づいて、葉太はたずねた。

「ええっと、もっと奥《おく》。」

小道はハカラメの少し先でUターンして、さらに続《つづ》いている。ふたりでクヌギを見に行くことにした。

「すごいね。ここらへんは、色が違《ちが》うなぁ。緑《みどり》の絵《え》の具《ぐ》に黒をまぜたみたい。」

林の奥《おく》にハカラメが植《う》えられていたら、太陽《たいよう》の光が足りなかったかもしれない。このあたりは大きな木が多くて、梢《こずえ》がよく見えないほど、枝葉《えだは》が広がっている。

「これ。」

太い幹《みき》を一成は軽《かる》くたたいた。ぺちぺち、と音が鳴る。

クヌギの樹皮《じゅひ》は、とても固《かた》そうだった。たてに長いしわのようなものが刻《きざ》まれていて、いかめしいおじさん、といった雰囲気《ふんいき》だ。

「やっぱ、いいなぁ。でかい木って観察《かんさつ》しがいがあるだろうな。」

「でも、下のほうに枝《えだ》が全然《ぜんぜん》ねーだろ？」

「うん。」

「葉《は》っぱ一枚《まい》、観察《かんさつ》するのも難《むずか》しくってさ。おれが低学年《ていがくねん》の頃《ころ》は、ここに枝《えだ》があったんだけど――。」

一成は、根元《ねもと》から一メートルくらいの高さの部分《ぶぶん》にふれた。

「台風が来て、折《お》れたんだ。」

その傷跡《きずあと》は、こぶのように、ぼこっと盛《も》りあがって、残《のこ》っている。

葉太ははるか上を見た。

「どっかで樹液《じゅえき》が出てて、カブトムシやクワガタが、もういるかもしれない。」

幹《みき》に両手《りょうて》を当てて、葉太は強くおした。

「なにしてんだよ？」

「ゆらしたら、カブトムシが落《お》っこちてこないかと思って。」

「や、やめろよ。」

「あ、ごめん。カブトムシもカズのものだもんね。」

どちらにしろ、幹《みき》はびくともしなかった。

「あーあ、お父さんだったら、虫がばらばら落《お》ちるくらい、ゆすれたかもしれないなぁ。」

葉太がいうと、一成は、地面《じめん》に落《お》ちている木の葉《は》を小道のはしのほうにけりながら聞く。

「やっぱ、きついか？　お父さんが死《し》んじゃったのって。」

「へ？」

「だって、そうやって思い出すわけだろ？」

「いやいやいやいや。」

葉太はぱたぱたと右手を大きく振《ふ》った。

「ふだんは思い出さないよ。だって、うちのお母さん、でっかいからさ。体重《たいじゅう》ふたりぶんあって、じゅうぶんなんだ。」

「おいおい。」

一成はふきだして、あわててマジメな顔をする。

「でもさ……。」

「うん、ただ、うちの父さん、すげー背《せ》が高かったらしい。だから、そういう話はききたかったな。」

「そういう話？」

「たとえばおれ、最近《さいきん》さ、地面《じめん》をはってくアリンコがあんまり見えないんだよ。背《せ》がのびすぎたせいで。」

「ああ。」

「このままどこまでのびるんだろう。」

「まあ、でも、男ってデカいと一目置《もくお》かれるからいいんじゃね？」

「どんどん巨人化《きょじんか》してって、このクヌギと同じ高さになっちゃったら？」

「ならねーよ。」

クヌギの木の先には、名札《なふだ》のない木々《きぎ》がずらりと並《なら》び、ツタがからまり、ササがのびている。ユリの花はめいっぱい開《ひら》いて咲《さ》きほこり、ぎゃくに、ホタルブクロの花は、ひかえめにうつむいている。

「この奥《おく》にフェンスがあるんだよね。行ってみない？」

「いいよ、別《べつ》に。植物《しょくぶつ》、ぎっしり生えすぎてて、歩くとこ、ねーだろ？」

「雑草《ざっそう》をふみつけていけばだいじょうぶ。あ。」

顔にジョロウグモの大きな巣《す》がからまった。

「うええ。」

ふりはらってもどってきた葉太は、

「あ、コガネムシ！」

とクヌギの幹《みき》を指《ゆび》さした。光沢《こうたく》のある緑色《みどりいろ》の虫が、ひょこひょことのぼっていく。

「そうだ、おれ、塾《じゅく》があるんだった。帰る。」

一成がいきなりそういって歩きだす。

「え〜、でもこれ、カズのコガネムシなのに。」

「おまえにやる。」

あっという間に、一成は去《さ》っていってしまった。

葉太はコガネムシをつかんで、小道をもどり、ハカラメの葉《は》の上にのせてみた。おとなしくじっとしている。

「いいぞ、しばらく動《うご》くなよ。」

急《いそ》いでまた観察《かんさつ》ノートを取《と》りだし、葉太はスケッチを始《はじ》めた。

ささっと描《か》きあげた絵は、コガネムシというよりゴキブリに見えた。

「もう少し絵がうまかったらなぁ……。」

ため息《いき》をついて、葉太はその絵を消《け》しゴムでごしごしこすり、もう一度《いちど》、顔を虫に近づけて観察《かんさつ》した。

＊

六月の終《お》わりになって、雨の日が増《ふ》えてきた。一日降《ふ》るごとに、木々《きぎ》の緑《みどり》がより深《ふか》い色に変《か》わっていく。窓《まど》の外では、アジサイが真《ま》っ青《さお》な花を咲《さ》かせている。

葉太は、教員室《きょういんしつ》の前をおずおずと歩いていた。

先生たちが、ずらりと机《つくえ》を並《なら》べて仕事《しごと》をしている教員室《きょういんしつ》が、葉太は前から苦手《にがて》だった。先生って、ひとりだと話しやすいのに、どうして何人もいるとこわいんだろう。

「あんた、なにしてんの？」

後《うし》ろから望果の声がした。ふりむくと、両手《りょうて》にプリントをかかえている。

「あ、望果は？」

「あたし、先生の手伝《てつだ》い。」

先生にたのまれたんじゃなくて、自分から「運《はこ》んであげる」っていったのかもしれない、と葉太は思った。低学年《ていがくねん》のとき、望果が、「教員室《きょういんしつ》行くのあたし好《す》き。将来《しょうらい》は先生になりたい」と、話していたのを思い出したのだ。

「で、あんたは何先生に用？　テストで0点取《と》って呼《よ》びだされたとか？」

心外《しんがい》な。「0点なんて取《と》るわけないだろ」とおこった顔をしたかったが、今後取《と》る可能性《かのうせい》がまったくないわけではないので、葉太はそこにはふれないことにした。

「教員室《きょういんしつ》には用事《ようじ》ないよ。」

望果はなにかいいたげに、じろじろ葉太を見ていたが、たくさんかかえたプリントのせいで腕《うで》が重《おも》くなってきたようで、

「あっそ。」

といって、ドアを開《あ》けて入っていった。

教員室《きょういんしつ》でもじゅうぶん苦手《にがて》なのに、これから行くところは、未知《みち》の地だ。校長室の前に立った葉太は、深呼吸《しんこきゅう》した。ほんとにひとりでこんなとこ、来ちゃってよかったんだろうか。

おそるおそるドアをノックする。

「はい、どうぞ。」

中から低《ひく》い声が聞こえた。葉太はドアを開《あ》けた。校長先生は、かべにかかっている絵画の額縁《がくぶち》を、ハタキではたいている最中《さいちゅう》だった。

先生は、やわらかくて白いマシュマロに、目と鼻《はな》と口を書いたような人だ。お腹《なか》もふわりと丸い。かろうじて、口の下のちょびヒゲが、校長先生っぽさを出している。

「ああ、きみは五年生の――。」

すごい。一、二年のときに「草と木と花を知ろう」の授業《じゅぎょう》を受《う》けて以来《いらい》、ほとんどしゃべったことはないのに、ちゃんとみんなの顔を覚《おぼ》えているんだ。と、葉太は思いながらも、その絵画に目をうばわれていた。

とても大きな油絵《あぶらえ》で、見たことのない植物《しょくぶつ》がいっぱい描《えが》かれている。どでかい大きさの葉《は》っぱ、奇妙《きみょう》に茎《くき》をくねらせているつる、まばたきしたくなるほどまぶしい真《ま》っ赤《か》な花……。

「この絵は、ふふ、実《じつ》はわたしが描《か》いたものでね。」

「え！」

「面白《おもしろ》い植物《しょくぶつ》をね、ひとつのカンヴァスにまとめてみたんだよ。」

「なんか、すごいです……。」

「ところできみは一組の――。」

あいさつを忘《わす》れていたことを、葉太は思い出した。

「五年一組の、芝咲葉太です。」

「いい名前だよな。葉《は》っぱの葉《は》の字がついてるなんて、植物好《しょくぶつず》きなわたしとしてはあこがれの名前だ。」

自分の名前が、特別《とくべつ》いいと感《かん》じたことなんてなかったので、葉太はへえ、と思った。

「で、どうかしたかね？」

葉太はバッグから観察《かんさつ》ノートを取《と》りだした。

「あの、これ、一冊目《さつめ》が終《お》わったら、校長先生に持《も》っていくんだ、って聞いたんですけど。」

「おお、おお、一冊《さつ》書き終《お》わったのかい。見せてくれたまえ。」

先生は、観察《かんさつ》ノートを受《う》け取《と》って、ページを熱心《ねっしん》にめくりはじめた。

バレるかな……。葉太は上目づかいで、先生のようすを見つめた。

ノートをつけはじめてたった一カ月しかたっていない。なのに、まるまる一冊《さつ》分書き終《お》えたのは「ズル」をしたからだ。

ハカラメが花をつけるのは二月か三月らしくて、春の終《お》わりのこの時期《じき》、見た目に変化《へんか》はない。引き出しで見つけた葉《は》っぱのほうは、土の上に置《お》いたら芽《め》がのびてきたけれど、毎日大きな変化《へんか》があるわけではない。だから、目新しい観察記録《かんさつきろく》は書けなくて、かわりに、カタツムリやテントウムシなど、見つけた虫をハカラメにのせては、スケッチしていたのだった。

さらに葉太は、まわりの植物《しょくぶつ》のことも、ノートに書きこんでいた。左どなりのサルスベリ、右どなりのアメリカデイゴはもちろん、サルスベリのとなりのプラタナスのスケッチも。この木は、林をつきぬけるように高くのびていて、幹《みき》が、ベージュ、茶色、こげ茶、とさまざまな色合いに変化《へんか》しているのが特徴《とくちょう》だ。小道をはさんだ向《む》かい側《がわ》にあるモミジも観察《かんさつ》した。秋には真《ま》っ赤《か》な葉《は》っぱになるけれど、今は明るい黄緑色《きみどりいろ》なのだ。

だめだよ、きみ。自分の木だけをしっかり観察《かんさつ》しなくっちゃ。そういわれることも覚悟《かくご》していたのに、校長先生から出てきた言葉《ことば》はまるでちがった。

「ほお、ほお、すばらしい。きみ、自分の木のみならず、まわりの木にも関心《かんしん》をもってるんだね。植物《しょくぶつ》に対《たい》する、その好奇心《こうきしん》はすばらしいよ。」

先生は、机《つくえ》の上にあったお茶をがぶっと飲《の》んで続《つづ》けた。

「よく調《しら》べているね。ハカラメのことも。あの木はね、先生が前に小笠原《おがさわら》へ行ったとき、葉《は》っぱを持《も》ち帰って、あそこに植《う》えたんだ。」

「え！　そうなんですか。」

図鑑《ずかん》に出ていた「小笠原諸島《おがさわらしょとう》」という見慣《みな》れない言葉《ことば》が急《きゅう》に、身近《みぢか》に感《かん》じられる気がして、葉太は声をはずませた。

先生は、大きな机《つくえ》の後ろにある、これまた大きな棚《たな》を開《あ》けた。そして、新しいノートを取《と》りだした。

「おめでとう。二冊目《さつめ》だよ。」

「ありがとうございます。」

「何年ぶりかなぁ、二冊目《さつめ》を取《と》りに来てくれた子は。」

「えっ、そんなに少ないんですか！」

「うん。あと、はいこれ。カギ。」

「え？」

「二冊目《さつめ》に入った人はね、植物《しょくぶつ》の面白《おもしろ》さをもっともっと知ることができるんだ。フェンスに木戸があるから、もし興味《きょうみ》があったら行ってごらん。その先はさらなるボタニカルワールドだよ。」

「ボタ……？」

「植物《しょくぶつ》がいっぱいってことさ。」

カギは三センチほどの長さで、金色にかがやいていた。

木戸……どこにあるのだろう？

＊

「おーい、葉太も入らないかぁ？」

同じクラスの北登《ほくと》が呼《よ》んでいるけれど、それどころではない。朝起《お》きてから帰りの会が終《お》わるまで、葉太の頭のなかはカギ、カギ、カギでいっぱいだった。

放課後《ほうかご》、グラウンドでは北登をはじめ大勢《おおぜい》の人が、ドッジボールをやったりサッカーをしたり、にぎやかにさわいでいる。葉太は北登に手をふって、ひとり木立に入った。木がさえぎるのか、みんなの声が、水の中で音を聞いているようにぼやけて伝《つた》わってきて、ふしぎな感《かん》じだ。

フェンスは、木にうもれてしまって外からでは見えないけれど、校庭《こうてい》のはしからはしまで南北に続《つづ》いていて、相当《そうとう》長いはずだ。どこから探《さが》そう。

葉太はバッグを、一成が担当《たんとう》しているクヌギの木の下に置《お》いて、そのまま草をかきわけ、奥《おく》へ進《すす》んだ。

昨夜降《さくやふ》った雨のせいか、地面《じめん》から草の香《かお》りが強く立ちのぼってくる。コナラには、ぐるぐるとツタがからまっていて、茶色の幹《みき》が緑《みどり》のひらひらの洋服《ようふく》を着《き》ているみたいだった。

上から小さな毛虫がぶら下がっているのに気づいて、葉太は見上げた。どこの木から下りてきたのかわからない。そのくらいたくさんの木が枝《えだ》を広げて、太陽《たいよう》をうばいあっている。

ああ、ここがつきあたりか。葉太はフェンスに気づいた。その向《む》こうにも、同じように緑《みどり》が広がっている。

「あれ？」

フェンスの目の高さの位置《いち》にみょうなものを見つけて、葉太は近寄《ちかよ》った。木の切れはしで作った看板《かんばん》のようなもの。そこには「←」と矢印《やじるし》で方向《ほうこう》が示《しめ》されていた。

これは木戸の場所《ばしょ》を示《しめ》すものなのだろうか。あるいは、フェンスの工事《こうじ》に来た人が残《のこ》したものなのだろうか。とりあえず矢印《やじるし》のとおりに進《すす》んでみることにする。

葉太は顔をしかめた。あわてすぎて、ジョロウグモの巣《す》をまた頭で破《やぶ》ってしまった。ぼうしをかぶっていてよかった。

おばけみたいに広がった、カイヅカイブキの枝《えだ》の下をくぐるようにして歩いていく。

このあたりは日がじゅうぶん当たらないみたいで、きのうの雨がまだ残《のこ》っていて、地《じ》面《めん》がグジュッとやわらかくなっている。

あ！　葉太は目を見開《みひら》いた。

フェンスの一角が、長方形に切り取《と》られている。校長先生がいっていたのは、きっとこれだ。

小さい戸だった。葉太の肩《かた》のあたりまでしかない。取《と》っ手《て》も低《ひく》い位置《いち》にある。

葉太はふう、と息《いき》をはいた。校長室に入るときよりもさらに緊張《きんちょう》する。ドアの取《と》っ手《て》を回してみた。

開《あ》かない。やっぱりカギがかかっていた。ポケットから金色のカギを取《と》りだし、穴《あな》に差《さ》しこむ。

カチリと音が鳴った。

ドアは、向《む》こうへ開《あ》いていく。葉太はしゃがんで、くぐりぬけた。

首をすくませたまま、顔を上げる。

わぁ……なんだここ。

たくさんの植物《しょくぶつ》があるが、校庭《こうてい》よりも緑《みどり》のにおいがさらに濃《こ》い。薄暗《うすぐら》くて、一つ一つの植物《しょくぶつ》がよく見えない。あとずさりしたい気持《きも》ちと、もっと探検《たんけん》したい気持《きも》ちが

ちょうど同じくらいで、しばらくその場を動《うご》けなかった。

それでも、少したつうちに、自分が小道の上に立っていることに気づいた。その上は、雑草《ざっそう》もササも生えていないので歩きやすい。

おそるおそる一歩ずつ踏《ふ》みだす。

小道はどうやら左へいったん向《む》かってから、右へ大きくカーブし、またしばらく直線が続《つづ》いてから左へ大きくカーブし、というように、グネグネと曲《ま》がりながら奥《おく》へ続《つづ》いているみたいだ。

最初《さいしょ》のカーブのところに、変《か》わった木が立っていることに、葉太は気づいた。大きな緑色《みどりいろ》の葉《は》っぱと同じくらいの数の、白い葉《は》っぱがあるのだ。別《べつ》に枯《か》れているわけでもない。いや、本当に葉《は》っぱか？　よく見ると、違《ちが》う形をしている。白いものは、葉《は》よりももっと大きくてうすっぺらくて、風にハタハタとたなびいている。

校庭《こうてい》の木立と同じように、木の下に立て札《ふだ》があった。

「ハンカチノキっていうのか……。」

まさにそうだな、と思う。白いハンカチばかり、木にぶら下げたようすそのものだ。

さらに進《すす》むと、またみょうな木が生えている。立て札《ふだ》の名前は「ジャックフルーツ」。緑色《みどりいろ》の大きな果物《くだもの》がなっているのだが、それが枝《えだ》からではなくて、幹《みき》から直接《ちょくせつ》ぶらんぶらんとぶら下がっているのだ。

「なんで幹《みき》から果物《くだもの》がはえてるんだろ。変《へん》なの。」

「それはさ、枝《えだ》からぶら下がったら、重《おも》みで枝《えだ》が折《お》れちゃうからさ。」

不意《ふい》に後ろから声が聞こえて、葉太はうわぁ、とのけぞって背中《せなか》から倒《たお》れそうになった。

振《ふ》り向《む》くと、そこには男の人が立っていた。逆光《ぎゃっこう》で顔がよく見えないが、すらりとしてたくましい人だった。モスグリーンのTシャツを着《き》て、長ズボンをはいて、ウエストから下だけをおおう黒いカフェエプロンをつけて、両手《りょうて》には軍手《ぐんて》をしている。この庭《にわ》の持《も》ち主《ぬし》かもしれない、ということに、葉太はようやく気づいた。

「す、すいません。おれ、そこから来たんです。」

適当《てきとう》に指《ゆび》さした場所《ばしょ》は、木戸がある方向《ほうこう》とはまるで違《ちが》って、葉太はあせった。

「えーと、そっちじゃなかった。あっちです。いちおう校長先生に許可《きょか》もらったんですけど。」

ははは、とその人は笑《わら》った。

「あわてなくて大丈夫《だいじょうぶ》。おじさんもただの手伝《てつだ》いの人間だから。あ、人間、っていういいかたはおかしいな。」

また、ははは、と笑《わら》う。葉太もおもわずつられて笑《わら》った。

「ジャックフルーツの果実《かじつ》は、でかいものだと三十キロにもなるんだ。きみの体重《たいじゅう》と同じ……ではないな。はっは。きみはもっと重《おも》いよな。」

「はい。」

おじさんの声はほがらかで、あったかくて、聞いているとリラックスできる。葉太は、自分からも質問《しつもん》することにした。

「ここって、植物園《しょくぶつえん》だったころの園長さんの家なんですよね？」

「ああ、そうだね。きみの学校の校長先生の家でもある。」

「え？」

「校長先生のおじいさんが、この植物園《しょくぶつえん》の創始者《そうししゃ》で、その息子《むすこ》、つまり校長先生のお父さんが最後《さいご》の園長さんだったんだよ。」

なるほど。つまり校長先生は、自分の庭《にわ》に入るカギをくれたということか。

「今、入ってきたばかり？　じゃあ奥《おく》のほうはまだ見てないんだね。案内《あんない》しようか。」

おじさんは歩きだした。ついていこうとした葉太は、ドキッとして立ちどまった。

似《に》てる。肩幅《かたはば》が広いところも、あごが大きめなところも、ほりが深《ふか》くて鼻《はな》が高いところも、写真《しゃしん》たてのなかのお父さんに、そっくりだ。もしかして、ふたごだったのかな、と一瞬《いっしゅん》考《かんが》えこんでしまうほどに。でも、そんな親《しん》せきはいないはず。お父さんにはお姉さんがひとりいるだけだ。

「どうしたんだい。早くおいでよ。」

呼《よ》ばれて、葉太はあわてて走って追《お》いついた。

「ほら、ここにベンチがあるだろ。座《すわ》ってあの木を見上げるのがオススメだ。ゴールデンシャワーっていう名前だよ。金のシャワーをあびているみたいだろ。」

「きれいですね。」

黄金色のふさがいっぱい垂《た》れさがって、本当に流《なが》れ落《お》ちてきそうだ。

「庭《にわ》の北側《きたがわ》から小川が流《なが》れて来てるんだ。そして、もう少し先に池があってね。ちゅうに風車があるんだぞ。ほら。」

「あ、本当だ。」

林の間から風車が見えた。ゆっくりゆっくりと回転《かいてん》している。そばをトンボが何匹《びき》もせわしく飛《と》びまわっていた。

「ほら、池が見えてきた。池のむこうにあるでっかい温室《おんしつ》。あそこは、少しでも寒《さむ》いとダメな植物《しょくぶつ》や、乾燥《かんそう》が好《す》きな植物《しょくぶつ》が植《う》えられてるんだ。」

「あ、あれは……？」

池も温室《おんしつ》も、目に入らなかった。池のそばに生えている植物《しょくぶつ》に、釘《くぎ》づけになってしまったのだ。いや、これ、植物《しょくぶつ》だよね。ほんとうに。と、確認《かくにん》したくなってしまう。恐竜《きょうりゅう》じゃない……よね？

それはうねうねと葉《は》をくねらせた、巨大《きょだい》なサボテンのような植物《しょくぶつ》だった。しかしサボテンにしてはあまりに大きい。何しろ、学校で二番目に背《せ》の高い葉太よりも、さらに背《せ》が高いのだから。近づいて、そっと葉《は》にふれてみると、まったくへこまないほど固《かた》く、しかもあちこちにトゲがあった。

「ああ、さすが。やっぱりこれに目がいくよな。」

「これって……。」

「アオノリュウゼツランっていうんだ。本当は熱帯《ねったい》の植物《しょくぶつ》でね。でも、ここでもがんばって育《そだ》ってくれてるんだよ。」

「へえ。」

「実《じつ》はこれ、おじさんが小学生のとき、担当《たんとう》の植物《しょくぶつ》だったんだ。」

「え！」

「そのころはまだ、フェンスができてなくってな。自由《じゆう》に行き来できたんだよ。ほんとは、おじさん、ほかの木の担当《たんとう》だったんだけど、ここまで遊《あそ》びに来たら、こんなすごい植物《しょくぶつ》があるだろ？　勝手《かって》に、自分で担当《たんとう》を変《か》えちゃったんだ。」

アオノリュウゼツラン、という札《ふだ》が曲《ま》がっていたのを、おじさんはしゃがんでまっすぐ土に差《さ》し直した。

「ほんと、すごいと思う。」

これが恐竜《きょうりゅう》だとすると、ハカラメなんて、かわいいヒヨコみたいなものだ、と葉太は思う。

「で、なによりすごいのがこの植物《しょくぶつ》、花は一生に一回しか咲《さ》かないってことなんだ。」

「え？」

「三十年から五十年に、ただ一度《ど》だけ。」

「ええっ。」

「植物園《しょくぶつえん》の植樹記録《しょくじゅきろく》によれば、今年で四十六年目なんだってさ。だから、そろそろ咲《さ》いてもおかしくない。それを見届《みとど》けようと思ってね。」

ギギギ、と木戸が鳴った気がした。カンちがいかと思ったら、そうではなかった。

小道を人影《ひとかげ》がやってくる。校長先生だった。

「やあ、葉太くん。さっそく来てたんだね。」

「ここ、校長先生の庭《にわ》って聞いたんですけど。」

「ああ、そうだよ。きみは今後はいつでも出入り自由《じゆう》だから。」

「ほ、ほんとうですか？」

「観察《かんさつ》ノートが二冊目《さつめ》に入った人への、ごほうびだよ。『植物《しょくぶつ》の面白《おもしろ》さをもっともっと知ることができる』っていったろ？」

「フェンスのこっちのほうが、めずらしい植物《しょくぶつ》があるから、あそこで区切《くぎ》ってるんですか？」

「たしかにめずらしい植物《しょくぶつ》は、フェンスのこちらのほうが多い。ただ、区切《くぎ》っているのには、別《べつ》の理由《りゆう》があるんだよ。」

「はぁ。」

「順《じゅん》を追《お》って説明《せつめい》してもいいかい？　この植物園《しょくぶつえん》には長い歴史《れきし》があるんだよ。今、平《へい》成《せい》だろう？　その前は昭和《しょうわ》だったって知ってるかい？」

「はい。」

「植物園《しょくぶつえん》がオープンしたのは、昭和《しょうわ》が始《はじ》まったばかりのころなんだ。」

昭和《しょうわ》って六十年くらいなかったっけ。ずいぶん前だ。と葉太は指《ゆび》を折《お》って数えた。

「わたしの祖父《そふ》が始《はじ》めたんだよ。時代《じだい》は、不景気《ふけいき》でね。戦争《せんそう》のイヤな空気も流《なが》れだしていて、世《よ》の中が暗《くら》かった。それで、明るい気分になれる草木がたくさん見られるところを作ろうって、考えたそうなんだ。」

葉太はまわりを見上げた。大きく育《そだ》っている木のなかには、そのころに植《う》えられたものもあるのだろうか。

「小学校もほぼ同じころにできたんだ。親《しん》せきが教師《きょうし》をやってたから、建物同士《たてものどうし》も身《み》内《うち》みたいな関係《かんけい》だった。だから当然《とうぜん》、フェンスなんてなくってね。行ったり来たりは自由《じゆう》。戦争中《せんそうちゅう》は、植物園《しょくぶつえん》の花だんは全部畑《ぜんぶはたけ》にしてね。みんな、食料《しょくりょう》を作《つく》って、飢《う》えをしのいでいたそうだよ。」

そういいながら、先生は葉太とおじさんを手招《てまね》きして、池のほとりにあるテーブルに座《すわ》らせた。長話になるらしい。

「小学校と敷地《しきち》がいっしょということもあって、植物園《しょくぶつえん》はずっと入場料《にゅうじょうりょう》を取《と》らなかった。『よかったら寄付金《きふきん》をお願《ねが》いします』っていう箱《はこ》があるだけ。それでも、植物好《しょくぶつず》きな人が、お金を入れてくれたから、なんとかやってこられたんだな。けれど、昭和《しょうわ》が終《お》わったころ、また景気《けいき》が悪《わる》くなって、経営《けいえい》がきびしくなって、そのうえ親父が亡《な》くなった。わたしがあとを継《つ》ぐべきなんだが、当時は別《べつ》の小学校の教師《きょうし》をしていたから、やめるわけにもいかなくてね。植物園《しょくぶつえん》を閉園《へいえん》したんだ。」

「そうだったんですか……。」

「だれも管理《かんり》しなければ、植物《しょくぶつ》は枯《か》れてしまう。だったら、全国《ぜんこく》の植物園《しょくぶつえん》に頼《たの》んで、めずらしいものは引き取《と》ってもらって、あとは、学校の校務員《こうむいん》さんと先生たちで管理《かんり》できる程度《ていど》の植物《しょくぶつ》を少しだけ残《のこ》そう。そう思ったんだよ。ところが……。」

校長先生の腕《うで》に、青と黒の模様《もよう》のカミキリムシがとまった。まるで、木の幹《みき》とまちがえたかのように。先生は虫をやさしい目で見ている。葉太は、話の続《つづ》きをうながした。

「ところが？」

「大反対《だいはんたい》が起《お》きたんだ。この学校の卒業《そつぎょう》生たちが次々《つぎつぎ》と家をたずねてきてね。みんな、観察《かんさつ》ノートを何冊《さつ》も書いた、植物《しょくぶつ》好《ず》きの者《もの》たちばかりだよ。かれらが熱心《ねっしん》にいうんだ。『ここを自分たちが手入れするから、絶対《ぜったい》に植物《しょくぶつ》をそのままにしてくれ』って。」

うんうんうん、と、おじさんも横《よこ》でうなずいている。

「おれもその一人だったんだ。アオノリュウゼツランの花を見なくちゃ、気が済《す》まなかったからね。」

校長先生が苦笑《にがわら》いした。

「参《まい》ったよ。なにしろ、生きている卒業生《そつぎょうせい》だけじゃない。死《し》んであの世《よ》へ行ったはずの卒業生《そつぎょうせい》たちまで現《あらわ》れたんだから。」

え……？　葉太は雪の玉をおしつけられたみたいに、首《くび》すじがひやっと冷《ひ》えてくる気がした。じょうだん……だよね？　でも、校長先生がこんなじょうだんをいうのかな？

「幽霊《ゆうれい》が、小学校の校庭《こうてい》をうろうろする。それは、教育上《きょういくじょう》いかがなものだろう、とわたしは思ったんだ。それで、フェンスをこしらえることにした。もともと校舎《こうしゃ》に近いところには、コナラやクヌギやサクラや……比較的普通《ひかくてきふつう》の、あつかいやすい植物《しょくぶつ》が多い。だからそっちは植木屋《うえきや》さんと校務員《こうむいん》さんに手入れを任《まか》せても大丈夫《だいじょうぶ》。一方、フェンスのこっち側《がわ》は、風変《ふうが》わりな植物《しょくぶつ》が多い。その世話《せわ》を卒業生《そつぎょうせい》にやってもらおう、ってことに決《き》めた。この庭《にわ》の中なら幽霊《ゆうれい》がうろうろしても、かまわないからね。」

先生は、葉太を見てほほえんだ。

「でもきみのいうとおり、本当はフェンスのこっち側《がわ》のほうが、面白《おもしろ》い植物《しょくぶつ》がいっぱいあるんだ。だから観察《かんさつ》ノートが二冊目《さつめ》に入った子だけ、招待《しょうたい》することにした。そのくらい植物《しょくぶつ》が好《す》きな子なら、幽霊《ゆうれい》の存在《そんざい》くらい、大目に見てくれるかと思ってね。」

「えと、ええっと。」

葉太は口ごもった。

幽霊《ゆうれい》の存在《そんざい》を大目に見てくれ、っていわれても、そもそも幽霊《ゆうれい》の存在《そんざい》が信《しん》じられないし。やっぱりおれは、からかわれているだけではないだろうか？

いや、ちがう。もしかして、校長先生もからかわれているのかもしれない。幽霊《ゆうれい》を名乗《なの》る卒業生《そつぎょう》たちに。人のいい先生が信《しん》じるのを見て、彼《かれ》らは面白《おもしろ》がっているんじゃないだろうか。そうだ、きっとそうにちがいない。

「えっと、先生は……。」

続《つづ》く言葉《ことば》を、葉太は一生けんめい探《さが》した。

「幽霊《ゆうれい》って信《しん》じるんですか？」

じっと葉太の目を見つめて、それから先生は困《こま》ったような顔をしながら、笑《え》みをうかべた。

「悪《わる》かったね。急《きゅう》にこんなことをいいだして。そうだ、幽霊《ゆうれい》なんて、信《しん》じなくてかまわない。ただ、もし、きみがこのフェンスの内側《うちがわ》に出入りするようになって、なにか理屈《りくつ》の通らないことに出会ったら、今、先生が説明《せつめい》した話を思い出してくれたらいいんだ。」

「はぁ。」

「ああ、それで質問《しつもん》にまだ答えてなかったね。わたしは昔《むかし》は幽霊《ゆうれい》なんて信《しん》じられなかった。人間は、心臓《しんぞう》が停止《ていし》したら、死《し》んでしまって、生き返《かえ》らない。そう思っていた。」

「はい……。」

「でも、植物《しょくぶつ》を知るようになって、ちょっと考えが変《か》わったんだよ。」

「え？」

「たとえば木が枯《か》れて、もうダメになった、死《し》んでしまった、と思う。ところが根《ね》っこのどこかは生きていて、何年か後に、朽《く》ちたはずの幹《みき》の先から新しい芽《め》が出たりする。」

「あ、はい。」

それはわかる。赤茶色に枯《か》れたはずのハカラメだって、いつの間にかよみがえっていた。

「つまり、植物《しょくぶつ》って、『生』と『死《し》』の境目《さかいめ》があいまいなんだ。もしかして、実《じつ》は植《しょく》物《ぶつ》じゃなくて人間でも、本当はそうなのかもしれない、って先生は思うようになったんだ。」

「はぁ……。」

やっぱりそのあたりは、わからない。

葉太が首をかしげたままでいると、先生は、肩《かた》をぽんとたたいてくれた。

「まあ、いい。いったん忘《わす》れて、このあたりの植物《しょくぶつ》を楽しむといいよ。このおじさんが教えてくれるから。」

「はい。」

校長先生は、手をあげて歩きだした。葉太に向《む》かってあげたのではなかった。温室《おんしつ》から、背中《せなか》を丸めた髪《かみ》の白い女の人が出てきたのだ。なぜか前髪《まえがみ》だけ青くそめている。あの人も、幽霊《ゆうれい》だったりして。あんな変《へん》な髪《かみ》の幽霊《ゆうれい》なんていないか。

いや、これ以上《いじょう》考えると、頭が痛《いた》くなりそうだからやめよう。葉太は、アオノリュウゼツランに近づいて、葉《は》っぱをそっと指《ゆび》でなでた。おしてもまったく動《うご》かないほど固《かた》い。

「なあ、きみ、たのみがあるんだけど。」

おじさんが、ホースで水まきを始《はじ》めながら話しかけてくる。

「はい?」

「きみの友《とも》だちにも会ってみたいな。だれか、植物好《しょくぶつず》きの子はほかにいないのかい?」

なんでおれの友《とも》だちに会いたいんだろう。葉太は首をかしげた。植物《しょくぶつ》が好《す》きなやつ……男子にはいないだろうな。

けれど葉太はうなずいた。

「あ、じゃあ、一成って友《とも》だちを連《つ》れてきます。」

自分ひとりより、友《とも》だちを巻《ま》きこんだほうがきっと楽しいだろうから。幽霊《ゆうれい》のことについても相談《そうだん》できるし。

答えてから、葉太は気づいた。一成に観察《かんさつ》ノートを丸一冊《さつ》書かせないと、ここには連《つ》れてこられないのだ。

第《だい》2章《しょう》

二千年も伸《の》び続《つづ》ける葉《は》

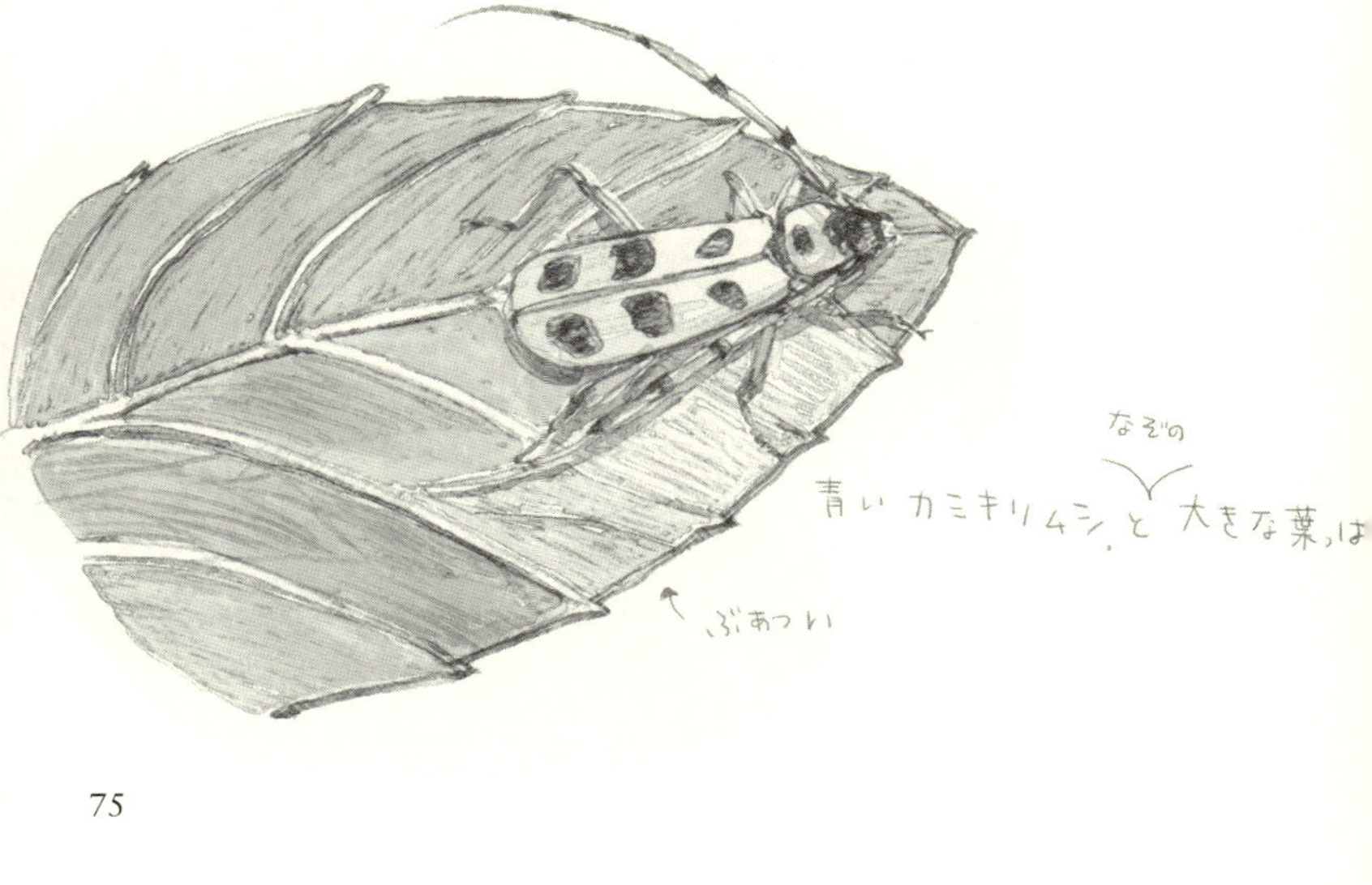

五年一組対《たい》五年二組のドッジボールの試合《しあい》は、盛《も》り上がりすぎて、外野があふれかえっていた。昼休みだというのに、各《かく》クラスともほとんど全員参加《ぜんいんさんか》していて、人数が多すぎるのだ。

ふたりくらいぬけたって、だれも気にしなさそうだ。今がチャンスかもしれない。

葉太は一成に、

「カズ、ちょっとサボろうぜ。」

とささやいて、サクラの木を指《ゆび》さした。

「あっちー。まじで。」

Tシャツの首元を引《ひ》っ張《ぱ》って、空気を送《おく》りこみながら、一成はサクラの木《こ》かげに移《い》動《どう》した。葉太は木の真下《ました》の鉄棒《てつぼう》にもたれる。

ぽつ、ぽつ、と霧雨《きりさめ》のようなものが朝から降《ふ》っては止《や》み、降《ふ》っては止《や》み、さえない空模様《そらもよう》だった。太陽《たいよう》の光がないけれど、けっしてすずしくはない。湿度《しつど》が相当《そうとう》高いみたいで、ハンカチでふいてもふいても、汗《あせ》がうかんでくるのだった。

サクラは枝《えだ》を横《よこ》に大きく広げていて、葉《は》をさらさらとゆらしている。その音は、少しだけ暑《あつ》さをやわらげてくれた。

なにから切りだそうか。いや、いつみんなに呼《よ》びもどされるかわからないから、単《たん》刀直入《とうちょくにゅう》に話そう、と葉太は決《き》めた。

「あのさ、カズも観察《かんさつ》ノートつけない？」

「え？『ぼくの木わたしの木』のことかよ。」

「うん。」

「おまえ、二冊目《さつめ》行ったんだっけ。」

「そう。一冊目《さつめ》を終《お》えると特典《とくてん》があってさ。おれひとりっていうのもつまんないからさ。」

「特典《とくてん》ってなんだよ。」

「えーと……。」

話していいんだろうか。校長先生にもおじさんにも確認《かくにん》しなかった。あれは、ノートを書きあげた人だけが教えてもらえる秘密《ひみつ》なのだろうか。

「まあ、ゲームでいうと、次《つぎ》のステージがあるんだよ。」

「ふーん、けどオレやる気、出ねえなぁ〜。」

一成はのびをして、低《ひく》いところにあるサクラの枝《えだ》をつかんでゆすった。

「え〜、カズが本気になったら、一冊《さつ》すぐ終《お》わりそうなのに。」

「でもさ、あいつがいなくなると思うと、ダメージでかくって。クラスが静《しず》かになるよな〜、あんなににぎやかなのにさ。」

「え、なんのこと？　だれのこと？」

葉太は、一成の指《ゆび》さす方向《ほうこう》を見た。窓華が内野にいて、きゃーきゃーとさけびながら、にげている。さっきから何度《なんど》もねらわれているのだが、サッカー部《ぶ》の山本やバスケ部《ぶ》の本間が、かわりにボールを受《う》けてあげて、助《たす》けていた。

「ふだんうるせーけどな。あーあ、やる気出ねえ。」

「窓華？　あいつがどうかしたの？」

「ああ、おまえ、まだ知らないよな。つか、たぶん、クラスのやつ、ほとんど知らないと思う。ナイショだぜ？」

「う、うん……。」

「うちのおふくろが、こっそり聞いてきたんだけどさ。」

声を落《お》として、一成は続《つづ》けた。

「窓華、転校《てんこう》するんだって。」

「えええええ――――っ。」

さけびかけた葉太の口を、一成が手でおさえる。

「静《しず》かにしろよ。ナイショっていったろ？」

「ご、ごめん……。でも。」

クラスで一番いいと思っていたのに。もしかして一成もそうだったのだろうか。

「いつ転校《てんこう》するって？」

「来年。」

がく、と葉太は体の力がぬけるのを感《かん》じた。

「へ？　そんな先？」

「うん。あいつのお父さん、海洋《かいよう》なんとか研究所《けんきゅうじょ》に勤《つと》めてる、って知ってる？」

「知らない。」

「自然《しぜん》の開発《かいはつ》とか気象《きしょう》の変化《へんか》で海がどう変《か》わってくるか、研究《けんきゅう》してるんだって。」

「カズ、くわしいね。」

「うちの近所《きんじょ》だからさ。」

「ふうん。」

「その研究所《けんきゅうじょ》が、東京に新しい施設《しせつ》を今建《た》ててる最中《さいちゅう》なんだってさ。来年の夏にできるから、そしたら行っちゃうらしい。まあ、まだまだ先じゃんか、ともいえるけどな。」

「ここから東京まで二時間で行けるんだし、お父さん、単身赴任《たんしんふにん》すればいいのになあ。」

好《す》きな気持《きも》ちが一成にバレないよう、葉太はしんちょうに言葉《ことば》を続《つづ》けた。

「女子のなかでは、あいつは話しやすいっていうか、キライじゃないっていうか。」

「それ、男子はみんなそう思ってるだろ?」

「あ、やっぱり?」

五年一組のまま、クラスがえなしで六年一組になる。このまま全員《ぜんいん》で卒業《そつぎょう》できると思っていたのに……。

葉太は空を見上げた。が、雲のかわりに、目に入ってきたのはサクラの葉《は》っぱだった。よく見ると黒っぽいものがあちこちについている。

「毛虫だ。」

「え? どこ。」

一成が目をむいて、葉太の視線《しせん》を追《お》う。

「ほら、あそこ。なんか、もこもこ毛の生えたやつが、何匹《なんびき》もいるよ。たぶんアメリカシロヒトリっていうガの幼虫《ようちゅう》だ。」

「げっ。」

「大丈夫《だいじょうぶ》。アメリカシロヒトリは毛だらけだけど、毒《どく》はないらしいよ。」

葉太は鉄棒《てつぼう》にもたれかかったが、

「毒《どく》があってもなくても毛虫は毛虫！　おれは、どんなときでも、毛虫はイヤだね。」

と、一成はぱっととびはねるように移動《いどう》した。

「ここだけの話、おれ、虫はぜーんぶキライなんだ。」

「え、そうなの？」

前に黒いチョウがキライだと、一成がいっていたのを葉太は思い出した。

「だから、本音をいえば、クヌギを観察《かんさつ》なんかしたくないわけ。コガネムシとか見たくないからさ。」

一成は肩《かた》をすくめて、体をわざとぷるるとふるわせた。

「だから観察《かんさつ》ノートも書きたくないんだ。おまえが代《か》わりに書くっていうんなら、ロッカーに置《お》いてあるけどさ。」

葉太の返事《へんじ》を待《ま》たずに、一成はドッジボールへもどっていってしまった。

「いやーん。」

ちょうど窓華が思いきりボールをぶつけられ、悲鳴《ひめい》をあげているところだった。けらけら笑《わら》いながら、外野へ出てくる。

「やだもう、おしりに当てられちゃったよー。」

「よーし、じゃあおれが代《か》わりに。」

一成が内野へ走っていく。

はぁ……。葉太はため息《いき》をついた。来年の夏には、窓華はいなくなっちゃうのか。

ぼうっとしていると、外野にいた望果が、葉太の前に現《あらわ》れた。腕組《うでぐ》みをしている。

「葉太、このサクラ、あたしの担当《たんとう》だから。勝手《かって》に下でくつろがないでよ。つか、ちゃんとドッジボールやんなよねっ。クラスの一員《いちいん》でしょ。」

「ほーい。」

葉太は外野にもどった。雨がもう一度《ど》降《ふ》りだして、試合《しあい》が早く終《お》わってしまえばいいのに、と思いながら。

＊

葉太が、一成のロッカーから観察《かんさつ》ノートを見つけだしたのは、翌々日《よくよくじつ》の放課後《ほうかご》だった。というのも、ノートにカバーがかけられていたので、なかなか気づかなかったのだ。

六年間も使《つか》うものだから、と、一成が自分でやったのか、あるいは一成のお母さんがかけたのかわからないが、カバーをはずしてみるとノートはまっさらのように新しかった。ページをめくると、十枚《まい》ほどうまっていた。ということは、あと四十枚《まい》書けばいいのだ。

色エンピツをバッグの中に入れて、葉太は林に行った。まずはクヌギの木全体《ぜんたい》のイラストを描《か》いてみようと思いながら。

キョウチクトウが白い花を勢《いきお》いよく咲《さ》かせている。アジサイとアガパンサスが、紫色《むらさきいろ》の花を競《きそ》うように上へ向《む》かって広げていた。

つる性植物《せいしょくぶつ》が勢《いきお》いを増《ま》していて、小道を横断《おうだん》したり、背丈《せたけ》の低《ひく》い雑草《ざっそう》にまでからみついたりしている。

そのなかで、クヌギの木は、ひときわ堂々《どうどう》として見えた。高さは十五メートルくらいあるだろうか。梢《こずえ》のほうにはカブトムシがたくさんいるのだろうか。

バッグを置《お》こうと幹《みき》に目を移《うつ》して、葉太は、

「あっ。」

と声を上げた。虫がいっぱいむらがっているではないか。以前《いぜん》、一成が「前は枝《えだ》があったのに、台風で折《お》れてしまった」といっていた場所《ばしょ》だ。こぶのように盛《も》りあがっているそのあたりから、たらりと樹液《じゅえき》が流《なが》れだしているのだった。

「す、すげえ……。」

まるで樹液《じゅえき》のレストランだ。二種類《しゅるい》のチョウ、それからコガネムシとハナムグリが

おしあうように樹液《じゅえき》をなめている。さらに、アブかハチの仲間《なかま》。大きな虫たちのジャマをしないように、小さな甲虫《こうちゅう》がコソコソと、下のほうに流《なが》れてきた樹液《じゅえき》をすっている。

一成に報告《ほうこく》したい。これが自分の木だなんて、どれだけ自慢《じまん》に思うだろう。

しかし、そこで葉太は、ようやく思い出した。

「そっか、カズは虫がキライだったんだな。」

葉太は色エンピツを取《と》りだした。そして、虫たちをスケッチしていく。ハナムグリは、ぴかぴか光る濃《こ》い緑色《みどりいろ》なのだが、それにぴったり合うエンピツの色がなくて、くやしい。

チョウの模様《もよう》も細かく描《か》いた。そうだ、図書室へ名前を調《しら》べに行こう。葉太は、何度《ど》もクヌギをふりかえりながら、林を出た。

終《お》わった。

＊

一成は、ノートを思いきり閉《と》じた。下校時刻《じこく》が近づいているせいか、図書室は静《しず》かで、パタンという音が大きくひびいた。

宿題《しゅくだい》を学校で終《お》わらせても、家ではゲームをやらせてもらえないかもしれない。模《も》試《し》の成績《せいせき》がA評価《ひょうか》からB評価《ひょうか》に落《お》ちて、お父さんに昨夜《さくや》しかられたのだ。

こわいお父さんにビクビクしているのと、葉太のようにお父さんのことをほとんど覚《おぼ》えていないのと、どちらがいいんだろう、とときどき考えてしまう。

ガラッと引き戸が開いて、葉太が入ってきた。一目散《いちもくさん》に図鑑《ずかん》コーナーへ行って、植《しょく》物図鑑《ぶつずかん》と昆虫図鑑《こんちゅうずかん》を同時に取《と》って、重《おも》そうにかかえながらテーブルに座《すわ》っている。

背後《はいご》からそっと、一成はしのび寄《よ》った。葉太はノートになにやら書きこんでいる。

こいつ、こんなに字がヘタだっけ、と思ったら、なぜか左手で書いている。

「ふーん、ゴマダラチョウっていうのか。」

そうつぶやく葉太の首を、一成はつかもうと手をのばした。

「あっぶねー。」

しっかり肩《かた》をすくめている葉太を見て、一成はほおをふくらませた。

「ちぇっ、学習能力《がくしゅうのうりょく》あるなぁ。」

「同じ手は二度《にど》使《つか》えないよ。ていうか、カズいたんだ？」

「あっちで宿題《しゅくだい》やってた。」

一成はノートをのぞきこんだ。文字のほかに、変《へん》なまだらのチョウが描《か》かれている。

「で、おまえ、なんだよ、気持《きも》ちの悪《わる》い絵を描《か》いてさ。」

「あ、これ、カズの観察《かんさつ》ノート。」

「げ、おれのノートにこんな得体《えたい》のしれない虫を。」

「だって、好《す》きに描《か》いていいっていったろ？」

「まあな……。」

たしかに好《す》きに描《か》いていいとはいった。でも実際《じっさい》に描《か》くとは、一成は思っていなかった。自分のノートならともかく、人のノートも書きたがるなんて、今までの葉太とは違《ちが》う。何かがおかしい。一成はノートのほかの部分《ぶぶん》にも目を走らせた。虫の絵がいくつもあるけれど、ガマンしてページをめくる。

「すげーんだよ、カズのクヌギから樹液《じゅえき》が出始《ではじ》めたんだ。なんで、突然《とつぜん》そうなったかも、これから調《しら》べなきゃと思って。」

「ふうん。」

一成は葉太の目の前に座《すわ》った。そして、葉太が手に取《と》ろうとした植物図鑑《しょくぶつずかん》を、先に取《と》りあげた。

「なにすんだよう。」

「おまえさ、なんでそこまで必死《ひっし》なわけ？」

「え？」

「だって、自分のノートがんばるのはわかるとして、おれのまで、フツーやんないだろ？　なんかあんのかよ。」

「え、なんかって。」

「おれを巻《ま》きこみたい理由《りゆう》。」

先生にいわれたのだろうか。友《とも》だちにノートを書き上げさせることができたら、あなたにもごほうびをあげますよ、などと。

葉太はしばらくくちびるをとがらせていたが、やがて声を落《お》としてしゃべりはじめた。幸《さいわ》い、司書《ししょ》の先生も席《せき》をはずしているみたいで、図書室にはほかにだれもいない。

「実《じつ》はさ……。一冊目《さつめ》終《お》わると、ドアが開《ひら》いてさ、奥《おく》に行けるんだ。」

「どこのドアだよ。」

「あ、ほら、前にカズ、いってたろ？　うちの学校と、校長先生の庭《にわ》を仕切《しき》るフェンスがナゾだって。」

「いった。」

「一冊目《さつめ》を終《お》えると、ステージクリア。そのフェンスをぬけて、向《む》こうに行くことができるんだ。」

「え、どこから？」

「ほら、カズのクヌギの木。その横《よこ》をさ、突《つ》き当たりまで行くとフェンスにたどり着《つ》くだろ。そしたら、左に行けっていう矢印《やじるし》があるから、そのとおり行くと、木のドアがあるんだ。一冊目《さつめ》が終《お》わると、そのドアを開《あ》けるカギがもらえるんだよ。」

「へえ、それで向《む》こうに行くと、面白《おもしろ》いわけ？」

「うん！　見たことない植物《しょくぶつ》がいっぱい。ハンカチがぶら下がってるみたいな木とか。」

一成は植物図鑑《しょくぶつずかん》をぺらぺらめくった。

「お、まさかこれ？　百五十九ページ。ハンカチノキ。」

「そうそうそう、それ！」

「すげーめずらしい木って書いてあるぜ。」

「そういう木がいくつも生えてるんだ。恐竜《きょうりゅう》みたいな植物《しょくぶつ》もあったり。」

「恐竜《きょうりゅう》……？」

相変《あいか》わらず葉太の説明《せつめい》は雑《ざつ》でわかりづらい。

「あとさ、植物《しょくぶつ》の世話《せわ》してるおじさんが、友《とも》だち連《つ》れておいで、って。」

「ふーん、行くとなんかいいことあんのかな？」

「わかんない。ただささ、そのおじさんが……うちのお父さんになんだか似《に》てて。」

「え？」

一成はページをめくる手を止めた。

「父さんのこと、ほとんど覚《おぼ》えてないんだけど、写真《しゃしん》があるから、顔はわかるんだ。で、そのおじさん、すげー似《に》てるんだ。それでさ――。」

そうか。そういうことだったのか。ごほうびをもらうためじゃないか、とか、なにをバカな想像《そうぞう》してたんだ、おれは。おまけにさっきは、お父さんにビクビクするのと、お父さんの思い出がないのと、どっちがいいか比《くら》べたりしてしまった……。

図鑑《ずかん》をぱたっと閉《と》じてから、一成は、葉太の手元にあった観察《かんさつ》ノートを引ったくった。

「そういうことは、もっと早くいえよ。」

「え？」

「ノート、おれが書く。あっという間にこんなのうめてやる。そんで、いっしょにそのおじさんとこ、行きゃいいんだろ？」

「カズ……なんで急《きゅう》に。」

「おまえみたいに、ノーテンキなやつがさ、実《じつ》はやっぱりお父さんに会いたい会いたい会いたいって思ってて、よく似《に》たおじさんでもいいから、会いたい、って、なんか泣《な》けてくるんだよ。それ聞いて、なにもやらないやつは、友《とも》だちじゃない。」

「あの……そんなお父さんに会いたい会いたいとか、思ってないんだけどね。」

ウソをつけ。一成は数か月前のことを思い出していた。となりの市にサイクルセンターという自転車《じてんしゃ》で遊《あそ》べる施設《しせつ》ができたので、いっしょに行こうと誘《さそ》ったら、葉太はうつむきながら答えたのだ。「おれ、自転車乗《じてんしゃの》れない、ていうか、乗《の》らないんだ」と。なんでだよ、といいかけて、一成は思い出したのだった。葉太のお父さんは自転車《じてんしゃ》に乗《の》っていて、トラックに引っかけられて亡《な》くなったのだということを。

でも、そのウソを追及《ついきゅう》しても仕方《しかた》がない。一成は別《べつ》のことを質問《しつもん》した。

「そのおじさん、どういうところが似《に》てんだよー。」

「え？　ええっと、背《せ》がすごく高いとこが似《に》てて。顔も、なんとなく。」

「その人のこと、好《す》きなのか？」

一成がつめよると、葉太は首をかしげている。

「好《す》き……どうだろう。だって、こないだ初《はじ》めて会ったばかりで。でも、うん、初《はじ》めてっていう気はしなかったかも。」

「好感度《こうかんど》は高かったってことだな？」

「えっと、好感度《こうかんど》……うん。声とか、ほがらかでいい感《かん》じだし。手のひらが大きくて、ぎゅっとにぎったらどんな感《かん》じかなって思った。」

一成は返事《へんじ》を待《ま》つ間、呼吸《こきゅう》を忘《わす》れていたことに気づいて、大きく息《いき》を吸《す》った。

「そっかー。ごめんな。おれ、葉太が観察《かんさつ》ノートなんて似合《にあ》わないことやってる理由《りゆう》を、もっと早く知るべきだった。なあ、これ、観察《かんさつ》だけじゃなくて、クヌギについて調《しら》べたことなんかものせていいんだろ？」

葉太はうなずいた。

「うん、大丈夫《だいじょうぶ》。」

「わかった。じゃあ速攻《そっこう》仕上《しあ》げるわ。もうすぐ夏休みになっちまうもんな。」

「じゃ、よろしくお願《ねが》いしやっす。」

葉太は両手《りょうて》を合わせて、てへ、と笑《わら》った。

下校時刻《じこく》まであと二十分。それまでに二ページはうめられる。一成は、さっそく図《ず》鑑《かん》のクヌギのページを開《ひら》いて、説明《せつめい》をノートに写《うつ》しはじめた。

＊

クヌギは一成に任《まか》せるとして、そうしたら自分はあの木をもっと調《しら》べてみたい。アオノリュウゼツラン。恐竜《きょうりゅう》の背中《せなか》みたいなトゲトゲの葉《は》、三十年から五十年に一度《いちど》しか咲《さ》かない花……いったいどんな植物《しょくぶつ》なのだろう。

葉太は晩《ばん》ごはんの時間、メンチカツをほおばりながら質問《しつもん》した。

「ねえねえ、お母さん、雑誌《ざっし》借《か》りてもいい？」

お母さんは、炊飯器《すいはんき》の前で、ご飯《はん》を山もりよそっているところだった。お母さんを花にたとえるとなんだろう、と葉太は考えた。でっかいヒマワリかな。

「どの雑誌《ざっし》？」

「お父さんの部屋《へや》にある雑誌《ざっし》。園芸《えんげい》の。」

「あら、もちろんいいけど。でもなんで？　今まで植物《しょくぶつ》になんて興味《きょうみ》なかったでしょ？」

「ほら、うちの学校、『ぼくの木わたしの木』っていうのがあって。」

「ああ、そういえば入学のとき、なんかノート渡《わた》されてたねえ。お父さんだったら知ってたかもね。」

「そうか、お母さんはうちの学校の卒業生《そつぎょうせい》じゃないのか。」

「ほら、だって、おじいちゃんの家はとなり町でしょ？　あそこでお母さんは育《そだ》ったんだもの。」

「ああ、そうか。」

「あなたの小学校の卒業生《そつぎょうせい》なのは、お父さんのほうだよ。ここはお父さんの育《そだ》ったところだから、お母さんは結婚《けっこん》してこっちに引《ひ》っ越《こ》してきたわけ。」

お父さんがいなくなっちゃっても、お母さんはとなり町にもどらず、この家に住《す》み続《つづ》けている。植物《しょくぶつ》みたいに「根《ね》っこをはっている」のかもしれない、と葉太は思った。だとしたら、お母さんは一年で枯《か》れちゃうヒマワリではなくて、何年も花を咲《さ》かせるでっかい木だな。

「アオノリュウゼツランっていう植物《しょくぶつ》のこと、調《しら》べてて。お母さん、知ってる？」

「さあ。」

「学校の校庭《こうてい》の奥《おく》にあるんだけど。」

正確《せいかく》には「校庭《こうてい》の奥《おく》のフェンスの向《む》こうにある校長先生の庭《にわ》」だけれど、細かいことを話しだすと「先生のご自宅《じたく》に行くならおみやげ持《も》っていきなさい」などと、本題《ほんだい》からずれていきそうなので、葉太は省略《しょうりゃく》した。

「名前……聞いたことあるような、ないような。お母さん、植物苦手《しょくぶつにがて》だからねえ。マメじゃないから、枯《か》れさせちゃうんだよねえ。水あげるの忘《わす》れるから。それは枯《か》れるの当然《とうぜん》か。はは。」

「でも、植物《しょくぶつ》は好《す》きなんだよね？」

「べつに。そりゃ、お母さん、こんなお肉たっぷりママになっちゃったけど、少女時《じ》代《だい》はほっそりしてて、その頃《ころ》はシロツメクサなんかつんで、髪《かみ》かざり作ったりしちゃってね。はは、メルヘンだね。でも、今は鉢植《はちう》えを買おうとも思わないねえ。」

葉太は部屋《へや》を見回した。そういえば今まであまり意識《いしき》していなかったが、家のなかには花びんの花も、植木鉢《うえきばち》の花も、ひとつも見当たらない。

「こないだ、お向《む》かいの谷中《やなか》さんちにおじゃましたら、きれいなむらさき色の花があるから『まあ、めずらしい色のバラですねえ』ってほめたら、『トルコギキョウです』っていわれちゃって。あーはずかし。」

「え、じゃあ、なんでお母さん、園芸《えんげい》の雑誌《ざっし》なんか読んでるの？」

「あれは、お母さんの雑誌《ざっし》じゃないよ。お父さんの。」

「え？　お父さんの雑誌《ざっし》？」

「雑誌《ざっし》だけじゃないよ。本棚《ほんだな》の下の方には植物《しょくぶつ》の本、どっさりあるから。」

「うそ！」

「でっかい木も好《す》きだったけど、お父さんは雑草《ざっそう》も好《す》きだったね。」

「そうなの？」

「わたしが雑草《ざっそう》をぬこうとすると、いやがるんだよねえ。雑草《ざっそう》っていう植物《しょくぶつ》はないんだ、って。ツユクサ、ドクダミ、カラスノエンドウ。みんな名前があるんだってさ。だから、庭《にわ》の雑草《ざっそう》もぬけなくなっちゃって、今にいたるの。」

お母さんは、窓《まど》のほうを指《ゆび》さした。カーテンが閉《し》まっていて、庭《にわ》は見えないけれど、もちろん葉太の目にすぐうかんだ。

たしかに庭《にわ》は、雑多《ざった》に草が生え放題《ほうだい》になっていた。たまにお母さんのお父さん、つまり葉太のおじいちゃんが訪《たず》ねてきて、のびすぎて道路《どうろ》にせりだしたマテバシイの木の枝《えだ》を切ってくれている。

お父さんがいなくなったから、庭《にわ》はあれてしまったんだ、と葉太はなんとなく思っていた。でもそうではなかった。お父さんのいる頃《ころ》から、雑草《ざっそう》をぬくのは禁止《きんし》で、庭《にわ》はぼうぼうだったんだ、と思うと、おかしくなってくる。

ごはんを食べ終《お》えて、葉太は二階《かい》へかけあがった。

「おじゃましまーす。」

ドアを開《あ》けて、電気をつける。写真《しゃしん》のなかのお父さんが「お、来たか」という顔をしているように見えた。

目を閉《と》じて、あの庭《にわ》にいたおじさんを思い出す。似《に》ている。けれど、髪形《かみがた》がちがう。おじさんは短《みじか》い七分刈《が》りの髪《かみ》だが、写真《しゃしん》のお父さんは髪《かみ》が十センチくらいある。だんだん、おじさんの像《ぞう》がぼんやりしてきて、似《に》ているなんて感《かん》じたのは気のせいか、とさえ思ってしまう。

葉太は園芸雑誌《えんげいざっし》の段《だん》ボールを開《ひら》いた。けれど誌面《しめん》には、今調《しら》べたいものは見当たらないことがすぐにわかった。「バラをきれいに育《そだ》てるやり方」「トマトやキュウリを庭《にわ》で育《そだ》てる方法《ほうほう》」などの特集《とくしゅう》ばかりだ。

葉太は本棚《ほんだな》の本を確認《かくにん》することにした。それはけっこう面倒《めんどう》くさい作業《さぎょう》だった。お母さんがいくつも段《だん》ボールを積《つ》み上《あ》げてしまっていて、なかなか棚《たな》の下のほうを見ることができない。

布団《ふとん》カバーやシーツの入った段《だん》ボール、冬の衣類《いるい》の入った段《だん》ボールなど、次々《つぎつぎ》と場《ば》所《しょ》を移《うつ》しかえて、ようやく本棚《ほんだな》の前に立つことができた。

「わ……すげえ。」

お父さんって、植物学者《しょくぶつがくしゃ》だったんだっけ、と思ってしまうほど、ずらりと本が並《なら》んでいる。たしか仕事《しごと》は、ホームセンターの社員《しゃいん》で、販売《はんばい》を担当《たんとう》していたはずなんだけど……。

難《むずか》しそうなタイトルの本も多いが、葉太が手に取《と》りやすい、子《こ》ども向《む》けの本もいくつかある。「世界《せかい》のおもしろい植物《しょくぶつ》」という本を手に取《と》りかけて、葉太は思わず、

「あ……。」

と、その本の右どなりを見た。

「これって、お父さんの……。」

それは茶色いシミがいくつもついた、ノートだった。昔《むかし》からデザインは変《か》わっていないらしい。表紙《ひょうし》には「ぼくの木わたしの木」と書かれている。

おどろくべきことに、そのノートはなんと七冊《さつ》もあった。背表紙《せびょうし》には①から⑦まで

番号《ばんごう》がふられている。まず①を手にとった。字はへたっぴだった。お父さんが小学一年生の頃《ころ》なんて想像《そうぞう》つかないけれど。

お父さんの担当《たんとう》の木はカイヅカイブキだった。常緑樹《じょうりょくじゅ》であまり変化《へんか》がなくて面白《おもしろ》くない、と書かれている。

二年生の間は一度《いちど》も書きこみがなく、三年生になって、突然《とつぜん》、大きな文字で「たんとうの木を変えます。今日からアオノリュウゼツラン」と書いてあった。

ドキッと葉太の心臓《しんぞう》が鳴った。

おじさんがいっていたのと、同じではないか。あの人は、元の担当《たんとう》の木がカイヅカイブキだったとは話していなかったけれど。

そして、――ノートにはアオノリュウゼツランについて調《しら》べたことが書きつづられている。

葉《は》が長くて、先がとがっている。

それが、竜《りゅう》のした（ベロ）ににているから、リュウゼツランという名前。

南米の植物《しょくぶつ》。

テキーラというお酒《さけ》を作《つく》るのにつかわれる。

英語《えいご》では「センチュリープラント」という。

センチュリーというのは一世紀《せいき》という意味《いみ》。

百年に一度《いちど》しか花が咲《さ》かないから。

実際《じっさい》は日本では三十年から五十年に一度《ど》さく。

花がさくときは、五メートルから十メートルのくきがのびる。


葉太はノートを閉《と》じた。

これを書いたお父さんは、アオノリュウゼツランの花がどうしても見たくて、死《し》んだあとも、あの庭《にわ》で植物《しょくぶつ》の管理《かんり》をしているんだろうか。

いや、待《ま》て。低学年《ていがくねん》の頃《ころ》ならともかく、五年生になって、幽霊《ゆうれい》を本物《ほんもの》だと思うなんて。

葉太くんって、あんなでかい図体《ずうたい》して、こわがりなんだ。惜《お》しいっていうか、全然《ぜんぜん》ダメだよね！

そんな女子の声を、頭が勝手《かって》に創作《そうさく》してしまう。

幽霊《ゆうれい》なんていないよね？　葉太はお父さんの写真《しゃしん》に向《む》かって話しかけた。

ははは、どうかな。

写真《しゃしん》が答えた気がした。

＊

ヤマモモの小さな実《み》が真《ま》っ赤《か》に色づいた。いくつかは、すでに熟《じゅく》しすぎて、地面《じめん》に落《お》ちている。

葉太は非常階段《ひじょうかいだん》から、そのようすをノートにスケッチした。とつぜんバサバサッと大きな音を立てて、葉《は》のかげからムクドリが飛《と》びだし、葉太のノートをかすめて飛《と》んでいった。実《み》を食べていたらしい。

「よう。」

ガラス扉《とびら》が開《ひら》いて、一成が顔をのぞかせた。

「ここにいたのかよ、よかった。放課後《ほうかご》になった瞬間《しゅんかん》、いなくなるからさー。見失《みうしな》ったかと思った。」

「あ、おれに用？」

葉太はノートを閉《と》じてふりかえった。そのノートの上に重《かさ》ねるように、一成が自分の「ぼくの木わたしの木」をのせた。

「はい、できた。」

「え……？」

葉太は表紙《ひょうし》と一成の顔を何度《なんど》も見比《みくら》べた。だって、図書室でノートを渡《わた》したのは、ついおとといのことだ。

「本当は一日でやりたかったんだけどさ。きのう、クラブ活動《かつどう》で放課後《ほうかご》まるまる取《と》られたからさ。」

「いや、二日でやるのもじゅうぶんありえないんだけど。本当に最後《さいご》まで？」

「いくらおれでも、書いてばっかりいたんじゃうまらないし、おまえみたいに虫の絵なんて描《か》きたくねーし。だから、インターネットでいろんな情報《じょうほう》、プリントアウトしてさ、ノートにはったんだ。別《べつ》にダメじゃないよな？」

よく見るとたしかに、ノートはたくさんの切りばりをしたみたいで、分厚《ぶあつ》くふくらんでいる。

「うん、OKだと思う。校長先生、おれのノート見たときも、なんでもあり、って感《かん》じだったから。」

「おっと、おれがただはっただけで、なんにもわかってないと思うなよ。おかげでクヌギには相当《そうとう》くわしくなったぜぇ。知ってるか？　クヌギのどんぐりって、まん丸なんだぜ。」

「へえ！」

「あと、樹液《じゅえき》がどうやって出たのかも、だいたいわかった。」

「え、どうやって？」

「虫が傷《きず》つけるんだってさ。」

「幹《みき》を？」

「そう。きれいな幹《みき》には、傷《きず》をつけにくいんだってさ。折《お》れたあととか、コブができてるようなとこ。そういう場所《ばしょ》に穴《あな》を開《あ》けて虫が入りこむ。そうすると、木の中の液《えき》が外に流《なが》れだす。それが樹液《じゅえき》ってわけさ。」

「すげーっ。」

「なにがすげーって、おれの友情《ゆうじょう》だよ。今日なんて朝早く来てさ、最後《さいご》のページはいちおう、クヌギの木の絵を描《か》いたんだ。」

一成は、そのページを開《ひら》いた。葉太はため息《いき》をついた。

「うますぎ。本物《ほんもの》の木みたいだ。」

「うん、おれがんばった。ほんとは樹液《じゅえき》のまわりをうろうろしてる虫のやつらが気持《きも》ち悪《わる》かったのにさ。」

「あれ？　そういえば、前から虫、そんなにきらいだっけ。」

葉太は低学年《ていがくねん》の頃《ころ》を思い出した。いっしょにセミのぬけがらを集《あつ》めたことがあったはずだ。

「いや、三か月くらい前かな。家でゴキブリを退治《たいじ》しようと思って、ちょうど台所《だいどころ》の流《なが》しにいたから、なべの熱湯《ねっとう》をかけてさ。ゆでゴキブリをつくっちゃったんだよ。」

そのようすを思い出しているらしく、鼻《はな》にしわをよせながら、一成はいう。

「それで、うちのおふくろも虫、苦手《にがて》だからさ。これどうすんのよ！　っておこられて、おれ、すげーあわてて、自分のおはしでつまんでビニールに入れて、じゃあ、このおはし、どうすんのよ！　っておこられて。結局《けっきょく》捨《す》てたんだけど……。なんか、それ以来《いらい》、虫は全部《ぜんぶ》ダメになった。ゆでカマキリとか、ゆでカブトムシとか、いちいち想像《そうぞう》しちまう。」

「へええ～。」

「おい、笑《わら》ってんじゃねえよ。」

「だって。」

葉太はくすくす笑《わら》わずにはいられなかった。頭も良《よ》くてスポーツもできて、学級委《がっきゅうい》員《いん》をやっていて、しかもクヌギの絵までかんぺきにうまい。そんな一成の、ささやかな弱点。

「おまえのために、がんばったんだからな。おまえが早く、お父さんに似《に》たおじさんに、また会いたいだろうと思ってさ。」

「あ、うん。ありがとう……。」

あの人は本当に「お父さんに似《に》たおじさん」なのだろうか。

あるいは――。

しかし、そこで考えは途切《とぎ》れた。ヤマモモの横《よこ》を校長先生が歩いて行くのが見えたからだ。

「校長せんせーい！」

こちらを見上げて、先生はゆっくり手をふった。

「あ、葉太くん。」

「ちょっと待《ま》っててくださーい。」

ふたりは、非常階段《ひじょうかいだん》をかけおりていった。

＊

「やあ、きみがカズくんか。こんなに早く会いに来てくれるとはうれしいよ。」

おじさんが一成を見下ろしながらしゃべっている。

四日ぶりに来た庭《にわ》は、また少し景色《けしき》が変《か》わって、前には見なかった花が咲《さ》いている。

このあいだよりも風が強くて、池の水面《すいめん》に波紋《はもん》がときおり広がっていく。姿《すがた》は見えないが、どこかでコロロ、コロロロと、カエルが鳴いている。その声はすずしげだが、気温《きおん》は高くて、葉太はTシャツのすその部分《ぶぶん》で、顔から流《なが》れる汗《あせ》を何度《なんど》もふいた。

「おじさんは、背《せ》ほんと高いですね～。何センチあるんですか。」

と、一成がたずねる。

「どのくらいだったかな。百八十七かな。」

ふたりが雑談《ざつだん》しているすきに、葉太はおじさんのななめ後ろにまわった。そして、そっと右手をのばして、カフェエプロンをさわってみた。

あ、ちゃんと感触《かんしょく》があった。まあ、あたりまえか。ひとりで苦笑《にがわら》いしてしまいそうになる。

もしかして、おじさんが本当に幽霊《ゆうれい》だったなら、さわることができないのではないか、と葉太はふと思ったのだった。

おじさんは観察《かんさつ》ノート、何冊《さつ》書いたんですか？　もしかして七冊《さつ》ですか？　そう質《しつ》問《もん》しようかと思っていたけれど、もう考えるのはやめよう。

一成は、アオノリュウゼツランのとがった葉《は》をなでながらしゃべっている。

「植物《しょくぶつ》って、なんか神秘《しんぴ》っていうか、こわいスね。」

「そんなのばっかりでもないよ。ほら、これはかわいいだろう？」

おじさんは、小道をはさんで、アオノリュウゼツランと反対側《はんたいがわ》に植《う》えられている草を指差《ゆびさ》した。その先には、変《か》わった形の花が咲《さ》いている。花のまわりに、ピンピン、と白い毛のようなものがのびているのだ。

「きみたちはネコ飼《か》ってるかい？」

一成は首を横《よこ》にふった。葉太は答える。

「近所《きんじょ》に、半分ノラみたいなやつがいて、よくうろうろしてるけど。」

「だったら、ぴんとくるかな。この植物《しょくぶつ》は『ネコノヒゲ』っていうんだ。ほら、さわってみてごらん。」

「あ、本当だ。」

白い毛は、本当にネコのヒゲにそっくりだった。

「面白《おもしろ》い形をしている植物《しょくぶつ》って多いんだ。これの正式《せいしき》な名称《めいしょう》は、クミスクチン。南のあったかい地域《ちいき》に育《そだ》つ花なんだ。葉《は》っぱを薬《くすり》にして飲《の》むと、体の腎臓《じんぞう》っていう部分《ぶぶん》にいいんだよ。」

「へえ〜。」

葉太たちがしゃがんでいると、後ろから女の人の声が聞こえた。

「あらあら、お客《きゃく》さん？　だったらこっちも見てほしいわね。」

あわてて葉太が立ちあがると、女の人が真《ま》っ白《しろ》なエプロンのひもを結《むす》び直しながら、近づいてくるところだった。この間見かけた、前髪《まえがみ》を青くそめたおばさんだ。

「ああ、そうだね。葉太くんも、温室《おんしつ》はまだだろう？　あのおばさんの受《う》け持《も》ちなんだ。見せてもらっておいで。」

おじさんがいうと、女の人は先に立って歩きだしながら、得意《とくい》げに笑《わら》う。

「あのね、温室《おんしつ》にはふたつの部屋《へや》があって、熱帯《ねったい》の植物《しょくぶつ》と、それから乾燥《かんそう》した地域《ちいき》の植物《しょくぶつ》が植《う》えられてるの。ほら、日本のこの気候《きこう》じゃ、湿度《しつど》が高すぎて、乾燥《かんそう》が好《す》きな植物《しょくぶつ》は育《そだ》たないからね。」

その人は「おばあさん」と呼《よ》んでもおかしくない年齢《ねんれい》に見えたが、おじさんが「おばさん」と呼《よ》ぶので、葉太もマネすることにした。

「おばさんも、卒業生《そつぎょうせい》なんですか？」

「そうなのよ。ふふふ、ずいぶん昔《むかし》のね。」

「なんの木が担当《たんとう》だったんですか？」

「イチョウよ。秋に銀杏《ぎんなん》ができたとき、うれしくって素手《すで》でさわっちゃって、かぶれたのを覚《おぼ》えてるわ。あら、お友《とも》だちは来たくないのかしら？」

青髪《あおかみ》おばさんにいわれて葉太がふりむくと、一成は立ち止まったまま、あごの下に手をあてて、なにか考えこんでいる。

「おーい、カズ。」

呼《よ》ぶと、ハッとした顔をして走ってきた。

温室《おんしつ》の中は、外よりもさらに暑《あつ》い。かべをつる性《せい》の植物《しょくぶつ》がはいまわり、ピンクや真《ま》っ赤《か》のはでな花が、競《きそ》うように咲《さ》いている。

「こっちこっち。」

手招《てまね》きして、おばさんが奥《おく》へ入っていく。いったん温室《おんしつ》の外のろうかへ出て、もうひとつ別《べつ》の扉《とびら》を開《あ》ける。

「わ、すずしい〜。」

葉太は声を上げた。けっしてひんやり冷えているわけではないのだけれど、空気がからっとしているので急《きゅう》に体が楽になった。サボテンがいくつも植《う》えられている。そして、おばさんが指《ゆび》さしているのは、部屋《へや》のすみの変《へん》な植物《しょくぶつ》だった。

砂《すな》の上に、ひとつの根元《ねもと》から葉《は》っぱが二枚《まい》、にょろりとのびている。二枚《まい》は別々《べつべつ》の方向《ほうこう》へ、ほどいてしまった長いリボンのように地面《じめん》をはっていく。その先っぽは、すっかり茶色に枯《か》れてしまっていて、みずみずしさはまったくない。

「これ、知ってる?」

おばさんにきかれて、葉太が、

「ううん。」

と答えると、おばさんはにやっと笑《わら》った。

「そうよね。知らないでしょうね。これは『奇想天外《きそうてんがい》』っていう名前の植物《しょくぶつ》なの。」

「え、奇想天外《きそうてんがい》……どういう意味《いみ》だっけ。」

すばやく一成が教えてくれる。

「想像《そうぞう》できない、すげー変《か》わったこと、っていう意味《いみ》だよ。」

「そう、そのとおり。優秀《ゆうしゅう》ね。想像《そうぞう》もつかない植物《しょくぶつ》っていうことで、この名前がつけられたの。ウエルウィッチアともいうわ。」

葉太はその葉《は》のにおいをかいでみた。特《とく》に香《かお》りはない。見た目は多少変《か》わってるものの、それほど奇想天外《きそうてんがい》な植物《しょくぶつ》には思えないけれど……？

「実《じつ》はね、この植物《しょくぶつ》の葉《は》っぱは、ずうっとずーっと何百年ものび続《つづ》けるの。」

「何百年も。」

「いいえ、もっとね。寿命《じゅみょう》は二千年っていわれてるわ。」

「えっ、二千年！」

「砂漠《さばく》のなかでね、二枚《まい》の葉《は》っぱをただただ、のばし続《つづ》けていくの。ふしぎね。」

葉太は、葉《は》っぱの正面《しょうめん》にしゃがみこんだ。そしてスケッチを始《はじ》める。

「おばさん、この『奇想天外《きそうてんがい》』は今、何歳《さい》くらいなの？」

「まだ、三、四百年ってところかしら。百年以上《いじょう》たって、葉《は》っぱはようやく一メートル超《こ》えるんですって。これ三メートルくらいよね。」

「すげえ。」

葉太が大人になって、年を取《と》って、さらに何百年かたって、地球《ちきゅう》上で生きている人が全部《ぜんぶ》入れかわったって、この『奇想天外《きそうてんがい》』は、葉《は》っぱをのばし続《つづ》けていくんだ。先っぽだけは枯《か》れて、死《し》んでしまったようになっているのに、それでも生きていくんだ。

しかし、一成はなぜかこのふしぎな植物《しょくぶつ》よりも、おばさんのほうに興味《きょうみ》があるようだった。

「おばさんは、どこに住《す》んでるんですか？」

「そうね、この近くよ。」

「うちのクラスに窓華っていう子がいるんだけど、おばさんの親《しん》せき？」

え、窓華？　スケッチをする手を止めて、葉太もおばさんを見た。

「ああ、ええ、窓華ちゃん。知っているわよ。遠い身内《みうち》っていうのかしら。」

「やっぱり！」

一成はようやく納得《なっとく》がいった、という顔でこくこくと何度《なんど》もうなずいている。

「ちょっと前までやってた駄菓子屋《だがしや》があって、そこの店主《てんしゅ》は、窓華のばあちゃんだったんだけど、その人と、おばさん、すげー似《に》てるから。」

「へえー、そうなんだ。」

合《あ》いの手《て》を入れた葉太は、聞《き》きちがいかと思った。おばあさんが、ぼそっと小さい声でつぶやいていたのだ。

「それは、わたしの娘《むすめ》ね。」

キーンコーンカーンコーン、と遠くでチャイムの音が聞こえはじめた。

「あ、やべ。下校の予鈴《よれい》だ。」

午後四時が下校時刻《げこうじこく》なのだが、その十分前に「そろそろ帰りましょう」という合図のチャイムが鳴るのだ。

真夏《まなつ》の空はまだまだ明るくて、太陽《たいよう》はちっともしずむ気配《けはい》がないので、気づかなかった。

青髪《あおかみ》おばさんにあいさつして、温室《おんしつ》を出ると、おじさんの姿《すがた》はなかった。帰りにもう一度《いちど》あいさつしたかったのに、と思いながら葉太は急《いそ》いだ。うねうねと曲《ま》がりくねった小道をもどり、フェンスの木戸をぬけて、校庭《こうてい》へもどる。雑草《ざっそう》をかきわけながら一成のクヌギのところまでもどった。根元《ねもと》に置《お》いた、ふたりのかばんはそのままになっていた。

樹液《じゅえき》はたらりと流《なが》れて幹《みき》を濃《こ》い茶色に染《そ》めている。そこに、タテハチョウとカナブンがはりついていた。

「げ、デカい虫……まあ少し慣《な》れたけど。」

一成が顔をしかめながら見つめている。

「どうだった？　フェンスの向《む》こう側《がわ》。」

葉太はたずねた。

「おまえのお父さんに似《に》てるおじさん、カッコよかったよな。」

「え、ほんとうにそう思った？」

自分のお父さんがほめられたような気がして、葉太はふにーっと笑《わら》ってしまった。

「葉太とさ、このクヌギって似《に》てるよな。」

「え、どこが。」

「クヌギの樹液《じゅえき》ってさ、体の液《えき》なんだ。つまりは涙《なみだ》だよ。流《なが》したくないけど、虫にやられて、涙《なみだ》をこぼしてるんだ。おまえもさ。」

「おれも？」

「ノーテンキな顔して、心んなかで涙流《なみだなが》してる。だから、これからもつきあうよ。あのおじさんに会いに行くの。変《か》わった木や花が見られて面白《おもしろ》かったしさ。」

ごめん、カズ。だからおれは涙《なみだ》は流《なが》してないってば。

そういいかけて、葉太はその言葉《ことば》をのみこんだ。

枯《か》れたように見える植物《しょくぶつ》が、実《じつ》はまだ生きていることがあるように、自分だっても しかして、泣《な》いていないと思っていても、実《じつ》は泣《な》いているのかもしれない。その涙《なみだ》は本人には見えなくて、でもカズには見えているのかもしれない。

葉太はおとなしくうなずいた。

「ありがと。」

チャイムがふたたび鳴った。

「あ、今度《こんど》こそマジでやべえ。」

その音におされるように、葉太と一成は林のなかを走りだした。

第《だい》3章《しょう》

秋に咲《さ》いたサクラ

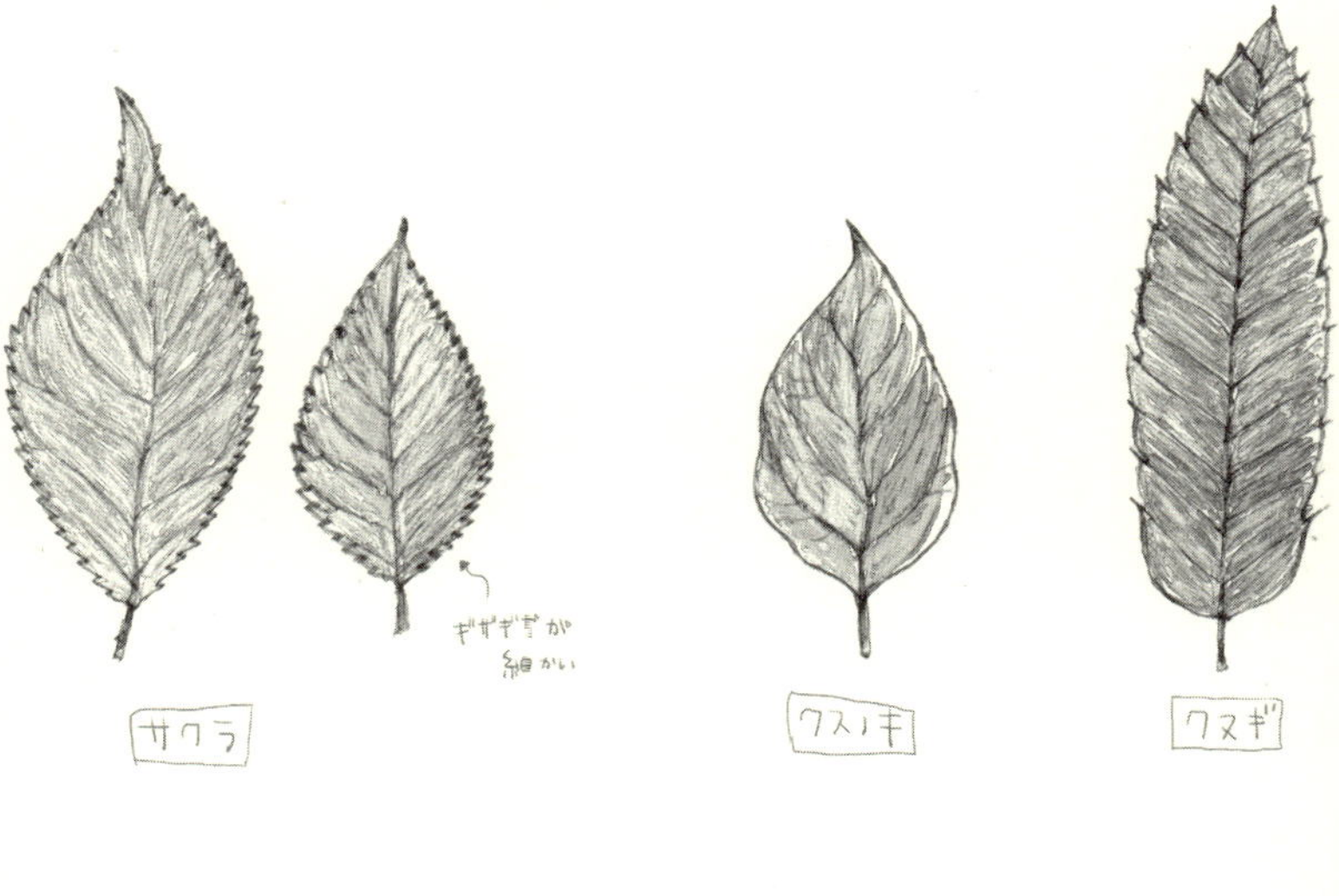

先週の運動会《うんどうかい》が終《お》わるまでは暑《あつ》かったが、十月に入って一気に冷《ひ》えてきて、葉太はこの秋、初《はじ》めてTシャツの上にトレーナーを着《き》ていた。

大《おお》つぶの雨が、カサにトトントトン、と音を立てて落《お》ちてくる。葉太は水たまりにつっこまないように、下を向《む》いて歩いていた。お母さんに長ぐつをはいていくようにいわれていたのだが、買ってもらったばかりのスニーカーのほうがよくて、こっそりはいてきてしまったのだ。どろだらけにしたら、しかられてしまう。

そんなふうに下を向《む》いていたせいで、気づくのがおくれた。みんなが、通用門を入った右手のほうにむらがっている。

「どうしたの？」

葉太は、同じクラスの北登に話しかけた。運動会《うんどうかい》で、葉太といっしょにリレーの選《せん》手《しゅ》をやった仲間《なかま》だ。

「ほら、あれ、咲《さ》いてんだよ。」

指《ゆび》さされたほうを見て、さわぎになっている理由《りゆう》がようやくわかった。

サクラだ。グラウンドのはしに植《う》えられている十本のサクラのうち、通用門から九本目にあたる木だけが、開花《かいか》しかけているのだった。あわいピンクのつぼみが、いくつも枝《えだ》についている。

十本とも、毎年必《かなら》ず春に咲《さ》く。まさか、秋に花開《ひら》くとは葉太も想像《そうぞう》していなくて、登下校《とうげこう》のとき毎日すぐそばを通るわりに、つぼみがついていることにまったく気づかなかった。

「この木さ、だれが担当《たんとう》だっけ。」

北登にきかれて、葉太はすぐに答えた。

「望果じゃないかな?」

前にドッジボールをしたとき、あの木の下で一成とおしゃべりをした。「あたしの担当《たんとう》だから」と望果がいってきたので、よく覚《おぼ》えている。

「こえ〜な。異常気象《いじょうきしょう》かな。でも、この一本だけ咲《さ》いてるってことは……望果が実《じつ》は魔女《まじょ》でさ、これだけ咲《さ》かせたのかも。」

北登がそういうのを聞いて、葉太は思わず笑《わら》ってしまった。望果は、いつもテキパキしていて言葉《ことば》もきつくて、ちっとも魔女《まじょ》っぽいブキミさがないからだ。

改《あらた》めて木をじっくり見て、気づいた。花が咲《さ》いているだけではない。葉《は》っぱが、ほとんどなくなってしまっている。この木だけ、いったいどうしてしまったのだろう。

そして葉太はハッとした。上ばかり見ていて、水たまりに足をつっこんでいた……。スニーカーは茶色と白のまだらになっている。

お母さんのおこる顔を想像《そうぞう》しながら、葉太は教室へ入った。黒板《こくばん》に「望果のノロイ」とだれかが書きなぐったあとがある。

「うへー。サクラがこわれて、狂《くる》い咲《ざ》き。担当《たんとう》の望果がこわれてるからだ〜。」

「ノロイ！　ノロイ！」

男子たちがはやしたてて、女子が望果の机《つくえ》を囲《かこ》んで守《まも》るようにして、

「あんたたち、うるさいよ！」

と、反撃《はんげき》している。

あれ、めずらしいな。机《つくえ》にバッグを置《お》いて、引き出しにノートを移《うつ》しかえながら、葉太はちらちらと望果のほうを見た。おとなしく座《すわ》っている。こういうとき、いわれっぱなしのタイプでは決《けっ》してないのに。

ふざけんな、ばかやろー、男子。あたしにノロイがあるんなら、おまえら全員消《ぜんいんけ》してやる！

そのくらいのことは平気《へいき》でいいそうなのに。

チャイムが鳴ったときだった。望果はがばっと立ち上がった。

泣《な》いてはいない。けれどその顔は真《ま》っ赤で、口はへの字になっていた。そのままバッグを持《も》って、望果はろうかへ出ていってしまった。

「あら、太田さん？　どうしたの？」

先生が、望果の名字を呼《よ》んでいる声が聞こえる。

「どうしたんだろ？」

葉太はつぶやいたが、一成がバサッと観察《かんさつ》ノートを机《つくえ》の上に置《お》いたので、そちらを読むのに夢中《むちゅう》になった。最近《さいきん》、おたがいのノートをよく貸《か》し借《か》りして、植物《しょくぶつ》の知識《ちしき》を増《ふ》やしているのだ。

おととい、庭《にわ》の奥《おく》の温室《おんしつ》へ行ったときに観察《かんさつ》した、ソーセージツリーについて、さっそく一成はいろいろ調《しら》べていた。

☆ソーセージツリーは、アフリカ産《さん》で、熱帯《ねったい》地方に育《そだ》つ。
☆実《み》がソーセージににているから、その名前になった。
☆ただし実《み》は、食べられない。

本当に、ソーセージにそっくりだったのに、やっぱり食べられないのか。残念《ざんねん》。

あれ？　そこで葉太は気がついた。さっき、ろうかで先生の声が聞こえたはずなのに、教室にいつまでも入ってこない。

そう思ったとき、ようやく小島《こじま》先生が入ってきた。口をきーっと横《よこ》に結《むす》んで、朝から機嫌《きげん》がよくなさそうだ。

日直が「礼《れい》」といって、みんなが座《すわ》ったままおじぎをすると、先生は黒板《こくばん》の「望果のノロイ」を指《ゆび》さした。

「なにがあったのかな？　太田さんに。だれか知ってる？」

みんな顔を見合わせて、だまっている。

「太田さんね、保健室《ほけんしつ》に行って、このまま帰るって。」

「え……？」

教室にざわめきが起《お》きた。

「男子があんなことというせいだ。」

だれか女子がぼそっとつぶやく。

「あんなことって、なにかしら？」

するどく聞きつけた先生がたずねる。

「ノロイってどういうこと？　学級委員《がっきゅういいん》の窪田《くぼた》くん？」

一成は立ちあがった。

「太田さんの担当《たんとう》してるサクラの花が咲《さ》いたんです。」

「あら……。」

「秋に咲《さ》くのはおかしい、ってことで、『望果のノロイ』という説《せつ》が生まれました。」

ああ、もう。葉太はぎゅーっと両手《りょうて》をこぶしにして、にぎりしめた。

いつも一成はこうなのだ。だれが悪《わる》いとか、おれはいってないとか、人を責《せ》めたり自分を守《まも》ったりすることがない。だから男子にも女子にも人気があるのだが、こういう場合、先生には、一成が先頭切っていったかのように誤解《ごかい》されてしまう。ひとことも、あいつはそんなことといっていないのに。

「でも、望果はそんなことで落《お》ちこまないと思います。」

気がついたら、葉太は立ちあがって、そういってしまっていた。

「え、なんですか？　芝咲《しばさき》くん。」

「望果はとっても強くて、おれら男子がなんかいったら、いつも百万倍《ばい》にして返《かえ》してくるし、こんなことで、落《お》ちこんだりしないと思う……んですけど……。」

望果はきっと熱《ねつ》でもあったんじゃないかな、とつけたそうとしたが、先生の視線《しせん》が強すぎて、葉太は口ごもった。

「あのね、芝咲《しばさき》くん。いえ、みんなも聞いて。この人だったら、傷《きず》つかないから、いってもいい。この人だったら、傷《きず》つくからいわないでおこう。そういうふうに、決《き》めつけちゃうのはよくないと思うの。傷《きず》ついてない顔でいい返《かえ》してきても、心で人一倍傷《ばいきず》ついていることもあるの。だれがなにをいったか、先生は追及《ついきゅう》しないけど、ひとりひとり、そのことを考えてね。」

その日の授業《じゅぎょう》は、葉太の頭のなかに入ってこなかった。望果はやっぱり傷《きず》ついていたんだろうか。人には「ばーか」とかいうくせに……。

「なんで望果はきずついたんだろうね。」

放課後《ほうかご》になって、一成が席《せき》までやってきたとき、葉太はまだそのことばかり考えていた。一成はちがった。

「おれは、それよりもっと疑問《ぎもん》に思うことがある。」

「え、なに？」

「なんで、サクラが十月に咲《さ》いたかってことだよ。そっちのほうが疑問《ぎもん》だ。」

「ああ……そういえば。」

「でもおれ、今日はクラブなんだ。雨だから練習《れんしゅう》は中止でミーティングだけだと思うけど、行かなきゃ。だから、代《か》わりに図書室かどっかで調《しら》べといてよ。わかったら、夜、電話して。」

「あ、うん。」

「じゃ、おれ、行くから。」

あっという間に一成は姿《すがた》を消《け》してしまった。

なんだよ。クールすぎるやつだな。望果のこと、全然《ぜんぜん》気にならないのかよ。

最初《さいしょ》はくちびるをとがらせていた葉太だったが、ふと気づいた。もし、サクラが咲《さ》いた理由《りゆう》がわかれば、「望果のノロイ」でないことが証明《しょうめい》できるのだ。

＊

図書室を出ると、雨はほぼ止んでいた。でも、いつもバッグを置《お》くクヌギのあたりは、しっとりとぬれている。しかたなく葉太はバッグをかかえたまま、カサだけ木の幹《みき》に立てかけて、フェンスに向《む》かい、木戸を抜《ぬ》けた。雑草《ざっそう》をかきわけるたびに、手がぬれる。大きな木の枝《えだ》を伝《つた》ってきた大《おお》つぶの水滴《すいてき》が、ときどき頭の上に落《お》ちてくる。

庭《にわ》を整備《せいび》している人は、ふたりいた。

「こんにちは。」

とあいさつすると、一瞬《いっしゅん》だけ手を止めて、「どうも」といって、また肥料《ひりょう》を木の根元《ねもと》にまいている。

あ、おじさんがいた。葉太は走りだした。

いつもの黒いエプロン姿《すがた》で、おじさんは風車のそばにある小屋《こや》を金づちでたたいていた。板《いた》が外れたのをつけなおしているようだ。

お父さん、と呼《よ》んでみたい。一瞬《いっしゅん》そう思って、口を開《ひら》きかけた。けれど、葉太はひとつせきばらいをして、結局《けっきょく》いつもどおり呼《よ》びかけた。

「おじさん。」

「やあ、今日はひとりかい？」

「はい。カズは野球《やきゅう》クラブだから。」

「じゃあ、こっちは園芸《えんげい》クラブだな。」

はは、とおじさんは笑《わら》う。

背後《はいご》にある大きな木が、スズランのような小さな花をいっぱいつけている。葉太の視線《しせん》を追《お》いかけて、木を見上げたおじさんが教えてくれた。

「これはイチゴノキだよ。もう少ししたら、イチゴみたいな実《み》がなるけど別物《べつもの》なんだ。ヨーロッパ原産《げんさん》でね、実《み》はすっぱいから、そのまま食べるのはムリだな。ジャムにしたら食えるかな。」

「ヤマモモに似《に》てる。」

見上げながら、葉太は続《つづ》けた。

「おじさんって、サクラのことはくわしいですか？」

ついさっきまで図書室で調《しら》べていたのだが、秋のサクラの開花《かいか》について記述《きじゅつ》のある図鑑《ずかん》はほとんどなかった。「秋に咲《さ》く品種《ひんしゅ》もある」と書いてあった程度《ていど》だ。それで、おじさんに聞いてみようと思いたったのだった。

「どんなことだい？　なんでも答えられる、ってほどには自信《じしん》ないけどな。」

「実《じつ》は、学校の校門前のサクラの木なんだけど。」

「ああ、あれはソメイヨシノだったね。」

「そう……だと思います。」

サクラと一口にいっても、種類《しゅるい》はいろいろあるのだ。そのうち、並木《なみき》などに使《つか》われるもっとも有名《ゆうめい》な品種《ひんしゅ》がソメイヨシノだ。

「それがどうしたんだい？」

「春にいっつも咲《さ》くんだけど、一本だけ、今咲《さ》きだして。どうしてだろう、ってみんな。」

「ふうん、そうか。」

「もしよかったら、今からいっしょに見に行ってもらえませんか？」

おじさんは、ふたたび手を動《うご》かしはじめた。

「それはちょっとむずかしいね。」

「え？」

「ほら、校長先生が話したの、覚《おぼ》えてないかな？　おれは、フェンスを越《こ》えて校庭《こうてい》をうろつくことは禁止《きんし》されているんだ。」

「あ……はい。」

忘《わす》れていたわけではない。でも、先生にあの話を聞いてから三か月以上《いじょう》たっているので、どこかじょうだんだったような気がしていたのだ。だっておじさん、本当に本当に幽霊《ゆうれい》なの？　問《と》いつめればいいのだけれど、なぜかきけない。

「それに、禁止《きんし》されていなくても、あまり遠くまでは行けないようなんだよ。おじさん自身《じしん》にもよくわからないけど。」

「そうなんだ……。」

どう話を続《つづ》けていいかわからず、葉太はしゃがみこんで、川面《かわも》にうかんでいる落《お》ち葉《ば》をひろった。

「そのサクラのようすを教えてくれるかい？　葉《は》っぱはどんな感《かん》じ？」

おじさんの質問《しつもん》に、とりあえず答えることにした。

「えっと、葉《は》っぱはほとんどないです。ほかのサクラはあるのに、その木だけは。」

「もしかして、夏の間に、大量《たいりょう》の毛虫がいたりしなかっただろうか？」

ドッジボールをサボっていた日のことを思い出した。

「いた。アメリカシロヒトリっていう毛虫がけっこうたくさん。」

「犯人《はんにん》はそれだね。」

「え？」

「ふつうソメイヨシノは、秋に咲《さ》かないように、花の芽《め》が休眠《きゅうみん》するんだ。その仕事《しごと》をするホルモンは葉《は》っぱの中にある。だから、なんらかの理由《りゆう》で、葉《は》っぱがほとんどなくなると、休眠《きゅうみん》するのを忘《わす》れちゃって、秋に咲《さ》いてしまうというわけなんだ。」

「へええ！」

葉太は急《いそ》いで観察《かんさつ》ノートを取《と》りだして、おじさんの説明《せつめい》を書きなぐった。

「たとえば、台風が来て、葉《は》っぱがほとんどもがれちゃったり、今回のように毛虫が葉《は》っぱを食いつくしてしまったり。そうすると、その木だけは、春まで眠《ねむ》って待《ま》ってられずに咲《さ》いてしまう。」

ノロイなんかじゃなかったんだ……。

空を見上げると、雨はすっかりあがり、雲のすきまから薄日《うすび》が射《さ》し始《はじ》めていた。

「ちょっとノート貸《か》してくれるかい？　アメリカシロヒトリってこういう虫だよな。」

おじさんがノートのすみに小さな毛虫を描《か》いた。その絵があまりうまくなくて、葉太はくすりと笑《わら》ってしまった。おれといっしょだ……。

＊

雲の切れ目から太陽《たいよう》が、オレンジの光を放《はな》っている。

痛《いた》みを感《かん》じて、望果は両手《りょうて》を開《ひら》いた。左手薬指《くすりゆび》の下にあるマメが赤くふくらんでいる。それでもやめるわけにはいかなかった。できるまで、もう学校に行きたくない。

両手《りょうて》で鉄棒《てつぼう》をつかんで、反動《はんどう》をつけて逆上《さかあ》がりをしようとした。けれど、おしりが上がりきらない。途中《とちゅう》で力つきて、ドタッと着地《ちゃくち》してしまう。地面《じめん》はぬかるんでいて、スニーカーがぐにゅっと土にめりこむ。

「望果。」

自分を呼《よ》ぶ声が聞こえて、望果はハッと顔を上げた。葉太だ。迷《まよ》うことなく、まっすぐこの公園へ入ってくる。

望果は目をそらして、足首にはねた土をはらった。

「なんだ、葉太か。なんの用だよ。」

「なにしてんの。」

「そっちこそ。」

「望果の家に行こうと思って。」

「なんでよ。」

この公園をはさんで、ふたりの家は徒歩《とほ》三分の距離《きょり》にある。だから、低学年《ていがくねん》の頃《ころ》はよく行き来していたけれど、四年生の終《お》わりあたりから、そういうこともなくなっていた。

「早退《そうたい》したからお見舞《みま》い来たっていうんなら、超《ちょう》メイワク。」

「え。」

「女子のお見舞《みま》いは女子、男子のお見舞《みま》いは男子。男子が女子んちに気軽《きがる》に来るな。」

もう少しやわらかいいい方をしたほうがいいのに、と望果の頭のなかで抗議《こうぎ》する声が聞こえる。でも、口が勝手《かって》にそうしゃべってしまうのだ。

「あ、うん……でもさ。サクラが咲《さ》いた理由《りゆう》、わかったんだ。」

「え？」

望果は、思わず目を見開《みひら》いてしまったことを後悔《こうかい》して、鉄棒《てつぼう》に両《りょう》ひじをのせてもたれかかり、興味《きょうみ》のないふりをした。

葉太が説明《せつめい》しはじめた。

毛虫のしわざだったのか……。望果は額《ひたい》にしわを寄《よ》せていたが、理由《りゆう》を全部《ぜんぶ》聞くと、

「ふーん。」

と、二回、三回、小さくうなずいた。

「で、大丈夫《だいじょうぶ》なの？　早退《そうたい》して。家にいると思った。」

「ちょっと頭が痛《いた》かっただけ。もう治《なお》った。」

「でも、なんで鉄棒《てつぼう》なんてやってんの。」

望果は、ポケットからハンカチを取《と》りだして、ひたいやほっぺたをふいた。

「低学年《ていがくねん》のときは、逆上《さかあ》がりなんて、かるがるだった。」

望果は鉄棒《てつぼう》が得意《とくい》で、逆上《さかあ》がりはもちろん、空中逆上《さかあ》がりも空中前回りも、何回でも連続《れんぞく》でやってのけた。葉太のほうが技《わざ》をマスターするのが遅《おそ》かった。

「うん、おれ、望果のお父さんに教えてもらって、やっと逆上《さかあ》がりできるようになったんだ。」

「え、そうだっけ。」

「で、逆上《さかあ》がりがどうしたの？」

と、葉太が先をうながす。

「できなくなったんだ。」

「あらま。」

なにその軽《かる》い返事《へんじ》。望果はじろっと葉太をにらんで、近くのベンチに移動《いどう》した。葉太はあわてていいたす。

「だって、べつに鉄棒《てつぼう》ができなくたって問題《もんだい》ないよね？　高学年は、もう逆上《さかあ》がりのテストなんてないしさ。」

「でも、今までできてたことができなくなるって、イヤなもんだよ。」

葉太は、ベンチの反対側《はんたいがわ》のはしっこにすわった。望果はふう、とため息《いき》をついた。

「なんか少し、太ったみたいでさ。」

「え、そう？　細くもないけど、太くもなくない？」

望果は答えず、おしりにそっと手をあてた。

お母さんは「身長《しんちょう》がのびてるんだから、体重《たいじゅう》だって増《ふ》えて当然《とうぜん》よ」というけれど、問題《もんだい》は体型《たいけい》だった。

おしりばっかり、大きくなってきた気がする。

初《はじ》めてそのことに気がついたのは、先日、親《しん》せきが集《あつ》まったときだった。お酒《さけ》を飲《の》みながらおじちゃんがいってきたのだ。『望果ちゃんは安産型《あんざんがた》だから、子《こ》ども産《う》むとき安心《あんしん》だな』と。ほかのおじちゃんたちも、わははは、と笑《わら》ってうなずき、おばちゃんたちは「まだそういう話題《わだい》は早いよ。小学生よ」と、さとしていた。

安産型《あんざんがた》、ってなに？　こっそりおばちゃんのひとりにきいたら、「おしりが大きいから、子《こ》ども産《う》むときに楽ってことよ」とささやき返《かえ》してきた。

わたしって、おしりがデカかったんだ……。

色が白い子はいいなぁ、とか、足が長い子がうらやましいなぁとか、そういうことは前から気になっていた。でも、おしりなんて、注目《ちゅうもく》したことがなかった。いつから大きくなってきたんだろう。

これからもっともっと大きくなっていってしまうのか。

それ以来《いらい》、まわりの子たちの胸《むね》とかおしりが気になってしまう。そのことを友《とも》だちの女子たちにはまだ話せていない。でも更衣室《こういしつ》で着替《きが》えるときは、ちらっとぬすみ見《み》てしまう。

「どうしたの、望果。」

だまりこんでいるのを見て、葉太がたずねてくる。望果は、

「マメができたみたい。」

と、右手の指《ゆび》のつけねを気にするふりをした。

「だからあたしは、もどおり逆上《さかあ》がりができなきゃなんないんだ。」

望果は立ち上がった。何度《なんど》も鉄棒《てつぼう》を両手《りょうて》でつかみなおしながら、体をゆすって、逆《さか》上《あ》がりのリズムを思い出そうとした。

「あんたはデブじゃないけど、デカだよね。」

葉太は、ははは、と笑《わら》った。

「デカって～。」

「笑《わら》いごとじゃないよ。みんな大きくなって、なんか気持《きも》ち悪《わる》い。前にできたことができなくなってくし。あたし、そういうの、ヤなんだ。サクラのノロイかもしれないって、ほんとに思った。」

「サクラは、毛虫のせいだから。」

「葉太だって、昔《むかし》はかわいかったのにさ。でっかくなっちゃって、みんなどんどん変《か》わっていく。女子より男子のほうが気持《きも》ち悪《わる》い。あんたは平気《へいき》なの？」

「大きくなるのは、別《べつ》にいいんだけど。どこまでのびるのか、ときどき不安《ふあん》になる。

二メートル五十センチになったら、電車にどうやって乗《の》ろう、とか。」

ブッと望果はふきだした。

「中身《なかみ》は、ほんと昔《むかし》のヨータンのままだ。」

「へへ。」

「あんたの担当《たんとう》の木はなんだっけ。」

「え？」

「ほら、あたしはサクラの木で、あんたは？」

「あ、うん。ハカラメっていう木。そうだ、望果は観察《かんさつ》ノート、どうした？」

「『ぼくの木わたしの木』？　あんなん、ずっと放《ほう》りっぱなしだよ。」

なぜだか急《きゅう》にとりつかれたみたいに、葉太は説明《せつめい》を始《はじ》めた。観察《かんさつ》ノートを一冊《さつ》書き上げるとカギをもらえるので、フェンスの木戸をぬけて、校長先生の庭《にわ》に行けること。

そこでは、恐竜《きょうりゅう》みたいなアオノリュウゼツランをはじめ、いろんな面白《おもしろ》い植物《しょくぶつ》が見られること。

「ふうん。」

ヒミツの庭《にわ》。恐竜《きょうりゅう》みたいな植物《しょくぶつ》がいる、という程度《ていど》ではたいしたヒミツには思えない。そこに死体《したい》が転《ころ》がってたりお化《ば》けがいたりするなら、面白《おもしろ》そうだけれど。

望果は思いきり地面《じめん》をけって、足を高々《たかだか》と上げた。くるりと体は鉄棒《てつぼう》の上を回った。

「できた！　できたね！」

葉太はぱちぱちと拍手《はくしゅ》した。

いつの間にか公園は、赤むらさき色の夕日につつまれていた。

＊

「ばーか、ノロイとかくだらないこといって、ガキみたい。」

次《つぎ》の日、葉太が登校《とうこう》してくると、望果のようすはすっかりもとどおりにもどっていた。教室で男子たちとワアワアいい合いをしている。が、葉太が席《せき》に座《すわ》ると、立ち上がって目の前までやってきた。

「あのさ。」

「どうしたの？」

望果は声をひそめた。

「フェンスの向《む》こうって、あやしくない？　ひみつがあるよね？」

「えっ？」

「きのう、あんた、観察《かんさつ》ノートが二冊目《さつめ》に入ったら、カギをもらえて、となりの庭《にわ》に行けるようになるっていったじゃん？」

「うん。」

「一冊目《さつめ》が終《お》わってなくたって、カギが開《あ》いてれば入れるじゃん、と思って、けさ行ってみた。」

「あ、そうなんだ。入れた？」

望果はあごをつきだすようにして、首を横《よこ》にふった。

「カギかかってた。でも、フェンス越《ご》しに向《む》こうが見えるわけ。変《へん》な植物《しょくぶつ》がいっぱいあってさ」

「ああ、面白《おもしろ》い木がいろいろ――。」

「それよりさ、なぞのおじいさんがいた。」

「おじいさん？」

「めがねをかけて、頭の毛がうすくって、口の左側《ひだりがわ》におっきなほくろがある。」

「え、おれ、その人、会ったことない。」

「あたしは知ってる。」

「だれ？」

「植物園《しょくぶつえん》の前の園長さんだよ。」

「えっ？」

「市会議員《ぎいん》もやってたから、知ってるんだ。うちのおじいちゃん、副《ふく》市長だったから。」

「前の園長さんは、もうとっくに——。」

「そう、だいぶ前に亡《な》くなってる。でも、あたし、絶対《ぜったい》に見まちがいしてない。」

声をさらにひそめて、

「つまりあの人は、幽霊《ゆうれい》なんだよ。」

と、望果はにやりと笑《わら》った。

「なんで笑《わら》ってんの？」

「リアル幽霊《ゆうれい》、めちゃくちゃ面白《おもしろ》いじゃん。」

そういえば望果は、昔《むかし》から登下校《とうげこう》のとき、よく怪談話《かいだんばなし》をしていた。クライマックスでこわい声を出すから、朝日がまぶしいのに、背《せ》すじがうすら寒《さむ》くなったものだ。

「葉太、ちょっとちょっと……。」

後ろから手をつかんでいるのは、一成だった。立ちあがった葉太は、後ろ向《む》きに引っ張《ぱ》られたままろうかに出た。望果はくちびるをとがらせていたが、自分の席《せき》へもどっていった。

「なに？　カズ。」

級友《きゅうゆう》たちが次々《つぎつぎ》と登校《とうこう》してきて、横《よこ》のドアから入っていく。一成もひそひそ声で話す。

「今の望果の話、おれも聞いてた。」

「うん。」

「おれら、そろそろ現実《げんじつ》を見ないとダメなんだと思う。」

「現実《げんじつ》？」

「きっと、望果は本当に幽霊《ゆうれい》を見たんだよ。」

「そ、そうかな……。」

「校長先生が言ってたんだろ？　庭《にわ》を管理《かんり》している卒業《そつぎょう》生は、生きている人もいるけど、死《し》んでる人もいるって。」

「うん……。」

「おれも、あんま考えないようにしてた。校長先生って、ホラー好《ず》きなのかな、って。

でもさ、きっと本当なんだよ。」

クヌギのことを調《しら》べるのと同じ冷静《れいせい》さで、一成は続《つづ》ける。

「根拠《こんきょ》があるんだ。」

「なに？」

「あ、先にいっとくと、おまえが仲良《なかよ》しのあのおじさん。あの人は、生きてる人だから心配《しんぱい》すんな。おれが気になったのは、温室《おんしつ》の青い髪《かみ》のおばさんだよ。あの人、窓華のおばあさんに似《に》てるっていったろ？」

「うん、カズ、本人にきいてたよね？」

「ああ。そしたら、身内《みうち》だっていってた。それでさ、きのう窓華に、親《しん》せきの写真《しゃしん》を見せてもらったんだ。」

「え？」

「窓華にたのんだんだよ。『街《まち》で、おまえにすげーよく似《に》た人を見たから、きっと親《しん》せきだと思う。どの人か当てたいから、親族《しんぞく》が集《あつ》まってる写真《しゃしん》とかあったら、見せて』って。」

さすが一成だ。そんなウソ、なかなか思いつかない。

「そしたら、窓華が何枚《まい》か写真《しゃしん》もってきて。そのなかに、まさにあの人が写《うつ》ってた。前髪《まえがみ》はなぜか青じゃなくてむらさきだったけど。」

「そうなんだ。」

葉太はつばをごくっとのんだ。一度《いちど》のんだだけでは足りなくて、もう一度《いちど》のんだ。

「その人、ひいおばあちゃんだった。窓華が生まれる一年前に亡《な》くなったんだってさ。」

「せ、背中《せなか》がひんやりするんだけど……。」

「この学校にはひみつがあるんだ。校長先生がいってるのは本当なんだ。」

「校長先生には、幽霊《ゆうれい》どうのこうの、っていうのは忘《わす》れてくれっていわれた。でも、どうしても、おかしいなって感《かん》じることがあったら、思い出してほしい、って。」

「なるほどな。」

「おれは、先生がじょうだんをいってるのかな、って思ったり、それともじょうだんをいってる人にだまされてるのかな、って思ったり。」

「今日の放課後《ほうかご》さ、そのあたり、おまえと仲《なか》いいおじさんにきいてみようよ。あの人なら、こそっと本当の話、教えてくれるかもしれないし。」

「うん。」

葉太はいおうと思った。でも、口がうまく動《うご》かなかった。

おじさんも、きっと生きていない人だよ。

今まで、そこはつっこまないふりをしていたけれど、思い当たることは数え切れないほどあるから。

＊

「おそらくこの植物《しょくぶつ》のおかげだと思うんだ。」

おじさんが指《ゆび》さしているのは、二枚《まい》の葉《は》をのばし続《つづ》ける植物《しょくぶつ》だった。ウェルウィッチア、すなわち「奇想天外《きそうてんがい》」だ。

葉太と一成は、温室《おんしつ》に来ていた。さっきアオノリュウゼツランの前で、ふたりで思い切ってきいたのだ。「幽霊《ゆうれい》」について校長先生が話していたけれど、それは本当なのか、と。するとおじさんは、だまって、温室《おんしつ》へ連《つ》れてきてくれたのだった。

ここは空気をかわかすために、エアコンが動《うご》いていて、この時期《じき》はやや寒《さむ》いくらいだ。

おばさんは、今日は温室《おんしつ》にはいないようで、姿《すがた》が見当たらない。

「『奇想天外《きそうてんがい》』っていうこの植物《しょくぶつ》は、二千年もの間、二枚《まい》の葉《は》をのばし続《つづ》けるんだ。」

おじさんの説明《せつめい》に、一成がすぐ答える。

「はい、前に聞きました。」

「この植物《しょくぶつ》が、なにか特別《とくべつ》な力を放《はな》っているのかもしれない、というのが、おれや校長先生の読みなんだよ。」

「どういうことですか……？」

葉太はその葉《は》っぱにそっとさわってみた。一週間、雨が降《ふ》らなかったときにかわいてしまったササの葉《は》っぱのような、そんなカサカサした感触《かんしょく》がある。特別《とくべつ》な力を持《も》っているかどうかはわからなかった。

「さかのぼって、前の園長が生きていたときのことから話していいかな。」

「はい。」

「園長は、次々《つぎつぎ》とめずらしい植物《しょくぶつ》を海外から持《も》ってきては植《う》えていったんだ。すばらしいんだよ。カンガルーポーなんて、カンガルーの足の形をしていて、おもしろい植《しょく》物《ぶつ》だし。」

「はぁ。」

「ある日、元園長は『奇想天外《きそうてんがい》』をアフリカの砂漠《さばく》から買い入れてきたんだ。おれたちも興味津々《きょうみしんしん》で見つめていたものだ。温室《おんしつ》の、この一等地《いっとうち》に、大切に植《う》えられてね。」

二枚《まい》の葉《は》は、エアコンの空気が流《なが》れるのに合わせて、かすかに先端《せんたん》をふるわせている。

「そして、園長は亡《な》くなったんだ。後を継《つ》いだのは、今の校長先生だ。先生はいったん『この庭《にわ》をなくそう』と決《き》めた。」

葉太はうなずいた。

「はい、それ、先生から聞きました。」

「うん。で、先生は『奇想天外《きそうてんがい》』をはじめ、貴重《きちょう》な植物《しょくぶつ》は、全国《ぜんこく》の植物園《しょくぶつえん》に引き取ってもらおう、って考えたんだ。おれは、そのうわさを聞いて、先生の家を訪《たず》ねていった。『なくさないでください。おれに手伝《てつだ》わせてください。仕事《しごと》が休みの日は、いつもここへ来て、植物《しょくぶつ》の世話《せわ》をするから』って。そしたら、ほかにもぱらぱらと仲間《なかま》がね。」

「おじさんは、どんな仕事《しごと》をしてるんですか？」

一成がたずねる。

「ホームセンターだよ。」

「え、あのバス通りの向《む》こうの？」

「そうそう。当時は、そこの園芸《えんげい》コーナーをまるごと任《まか》されていた。植物《しょくぶつ》の仕入《しい》れも、道具《どうぐ》やら植木鉢《うえきばち》やら土やらの仕入《しい》れも、なにもかも。小さい頃《ころ》から植物《しょくぶつ》が好《す》きで、この仕事《しごと》につけたからいつも楽しくてな。休みの日も、植物《しょくぶつ》の世話《せわ》なら、まったく苦《く》にならなかった。それでここに通うようになって。」

「おじさん。」

葉太は勇気《ゆうき》をふるいおこしてたずねた。

「なんだい？」

「今は、その仕事《しごと》、してないよね？」

「え、葉太、なにいってんの？」

首をかしげて、一成が割《わ》りこんでくる。

「今は、この庭《にわ》の仕事《しごと》しかしていないよね？　ここに住《す》んでいるよね？　家にも帰ってないよね？」

「え、そうなのか⁉　なんで？　おまえ、この人がお父さんに似《に》てるって前にいっててたけど、もしかして本当に親類《しんるい》かなんか――。」

葉太は首を横《よこ》にふった。

「親類《しんるい》じゃないよ。この人は。」

その先が、なかなか口から出てこない。すると、おじさんが葉太の背中《せなか》にそっと手を置《お》いてくれた。いっていいんだよ。いってくれ。そうはげましてくれているみたいに。

「この人は、おれのお父さんだ。」

「え？」

「幽霊《ゆうれい》がいる。現実《げんじつ》を見よう。そういったのはカズだよ。」

「え、いや、お、う……。けど、この人はちがうと思ってて。葉太、前からわかってたのかよ？」

「すごく最近《さいきん》わかった気もするし、最初《さいしょ》に会ったときから、わかってた気もするし。」

「そうか。」

おじさんが、いや、お父さんがほほ笑《え》んだ。

「わかっててくれたか。実《じつ》はな。葉太に会いたくて、おれが校長先生にたのんで、呼《よ》びだしてもらったんだ。」

「え？」

「ほら、ハカラメの葉《は》っぱ。」

「あ！　引き出しの中に入ってた。」

「そう。観察《かんさつ》ノートのことを思い出してもらいたくて、校長先生に入れてもらった。」

「どうして、自分で行かなかったんですか？」

一成が質問《しつもん》する。

「それは、力が弱まるからなんだ。」

「力？」

葉太と一成を交互《こうご》に見ながら、お父さんは話し続《つづ》ける。その広い胸《むね》にギュッとしがみついたらどんなだろ、と葉太はぼんやりと思いながら聞いた。

「おれは幽霊《ゆうれい》っぽくないだろう？　工具《こうぐ》を持《も》って、風車を直せる。のびすぎた枝《えだ》を切ることができる。ホースをつかんで水をまくことができる。」

「はい。」

「でも、それができるのはこの庭《にわ》の中だけなんだ。」

「そうなんですか？」

「庭《にわ》をはなれて遠くに行くことはできる。でも一歩はなれるごとに、力を失《うしな》っていく。なにかを持《も》ったり、なにかにふれたり、そういうことができなくなる。体がすきとおって、人には見えなくなる。」

「どうしてなんだろう……。」

「その理由《りゆう》を、校長先生とずっと考えていて、結論《けつろん》にいたったんだが、おそらくこれだ。」

おじさんは、再《ふた》び「奇想天外《きそうてんがい》」を指《ゆび》さした。

「この植物《しょくぶつ》が、おれたちに命《いのち》を少しだけ分けてくれているようなんだ。」

「え！」

葉太は、一成と同時に声を上げた。じっとその葉《は》に見入る。枯《か》れた葉先《はさき》がくるくるとうねっている。

「二千年の命《いのち》のうち、おれが一年ここにいたら、一年分、寿命《じゅみょう》を分けてくれているらしい。この植物《しょくぶつ》のそばにいるとき、もっとも体に力がわくんだよ。」

「へえ……。」

「極端《きょくたん》な話、おれたち死《し》んだ人間が、たとえば五十人現《あら》われ、二十年、ここの庭《にわ》にいたとしたら、50×20で、一千。ちょうど一千年の命《いのち》を、この植物《しょくぶつ》からうばってしまうのかもしれない。負担《ふたん》かけてるよな。同じ二千年の寿命《じゅみょう》でも、巨大《きょだい》な杉《すぎ》の木ならともかく、たった二枚《まい》の葉《は》だからな……。」

葉太は葉《は》の先をそっとなでた。だから必要以上《ひつよういじょう》に、茶色く枯《か》れている部分《ぶぶん》が多いのだろうか。

「それで、おれたちもあまり調子《ちょうし》に乗《の》ってはいけないな、と思って。みんな植物《しょくぶつ》の手入れをしに来たいのはやまやまだけど、数人だけにしているんだ。おれは、とにかくアオノリュウゼツランが咲《さ》く日《ひ》まで……な。」

葉太の左肩《ひだりかた》に、大きな手がふれる。

「会いたくないの？」

おもわず葉太は聞いていた。

「ん？」

「おれには会いたいと思ってくれた。お母さんには？　会いたくないの？」

ふふ、とお父さんは小さな笑《わら》い声をもらした。

「実《じつ》は会ってるんだよ。」

「え！」

「おれが一方的《てき》にね。ふらっと、家を訪《たず》ねたりして。ほら、庭《にわ》をはなれるとなにか物を持《も》ったりすることはできないけど、うろつくことはできるから。」

「お母さんの反応《はんのう》は？」

「霊感《れいかん》、強そうなタイプじゃないだろ?」

おもわず葉太はふきだしてしまった。たしかにお母さんはでっかいし、タフだしエネルギッシュだし、幽霊《ゆうれい》がひとりくらい家の中をさまよっていても、気にしなさそうだ。

「お父……さん。」

初《はじ》めて声に出して、葉太は呼《よ》んだ。

「葉太。なあ葉太。おまえの名前をつけたのは、もちろんおれだよ。」

「校長先生に、いい名前だってほめられた。」

「だろうな。自信作《じしんさく》だ。」

お父さんと顔を見合わせて、葉太は笑《わら》った。もっともっと笑《わら》いたいのに、涙《なみだ》が出てきた。一成までが、ぼろぼろと涙《なみだ》をこぼしていた。

第《だい》4章《しょう》

47年に一度《いちど》だけの花

冬の間、雑木林《ぞうきばやし》は夏よりも見通しが良《よ》くなる。多くの木が葉《は》っぱを落《お》とし、枝《えだ》だけになっているからだ。さえぎるものが少なくなって、冷《つめ》たい風が遠慮《えんりょ》なく吹《ふ》きすさぶ。

それでも、意外《いがい》と花は多く、カラフルだ。花《か》だんから種《たね》が飛《と》んできたのか、クリスマスローズが野生化《やせいか》して、うつむきがちな白い花をつけている。万両《まんりょう》の真《ま》っ赤《か》な実《み》も、まぶしく光る。

葉太は、三日おきにハカラメのもとをたずね、話しかけるようにしていた。お父さんがいうには「サボテンは人の言葉《ことば》を理解《りかい》する」という説《せつ》があるそうなのだ。葉《は》っぱをしもやけのように赤く染《そ》めているハカラメに、ほかにしてあげられることもないので、葉太は一生けんめいはげました。

「もう少ししたら、あったかくなるからな。がんばれよ。」

そのおかげもあってか、四月に入り、気温《きおん》が急《きゅう》に上がってくると、枯《か》れたように見えていたハカラメは、また黄緑色《きみどりいろ》の葉《は》っぱを空に向《む》けてのばしはじめた。

枝豆《えだまめ》くらいの小さなバッタが、ひゃんひゃんと、根元《ねもと》のあたりをはねている。

たんぽぽの綿毛《わたげ》みたいな雲がふわりと空にいくつもうかんでいる四月下旬《げじゅん》の放課後《ほうかご》、葉太は、ひとりで雑木林《ぞうきばやし》へ向《む》かった。一成は、六年生になって、野球《やきゅう》チームのキャプテンに選《えら》ばれて、さらに塾《じゅく》へ行く日も一日増《ふ》えたそうで、雑木林《ぞうきばやし》には週一度《ど》、金曜日しか来られなくなっていた。

ハカラメを見てから、いつもどおり木戸をぬけてお父さんに会いに行こう。そう思って、木立に入ろうとしたところで、立ち止まった。

クスノキのとなりに切り株《かぶ》があって、だれか女子がそこに座《すわ》っている。窓華だ。いつもけらけら笑《わら》っているのに、めずらしく頭を両手《りょうて》でかかえるようにしてうなだれている。スカートのすそが地面《じめん》についているけれど、気にしているようすもない。

葉太は近づいた。

「だいじょうぶ？　頭痛《ずつう》？」

ハッと窓華が顔を上げた。葉太はどきっとして一歩退《しりぞ》いた。窓華は泣《な》いていた。

あわててポケットからハンカチを取《と》りだして、目の下やほっぺたをふいている。

「どうしたの？」

窓華でも泣《な》くことがあるんだ。葉太は、今日一日のことを急《いそ》いで思い返《かえ》した。窓華が先生に怒《おこ》られたり、友《とも》だちとケンカしたりした場面《ばめん》がないか考えたが、思い当たることはなかった。でも、そういえば最近《さいきん》、笑《わら》い声をあまり聞いていない。

「あははー、ごめん。ここならだれも来ないと思ったのにィ。」

無理《むり》して笑《わら》おうとしている。

「なんかあったの？」

「ひーみつ。」

「そりゃ、おれなんかに話したいと思わないよねえ。」

葉太はふつうにいったつもりなのだが、窓華は目を見開《みひら》いて、

「そんなつもりじゃないよ。」

と、手をぱたぱたと左右にふった。そしてつけたす。

「ちがうの。クラスの子はほとんど知らないことだから。」

「転校《てんこう》すること？」

思わずいってしまった。一成に教えられたのは去年《きょねん》の夏だ。それから半年以上《いじょう》、ふたりの間で話題《わだい》にのぼることはなかった。それでも、葉太は事《こと》あるごとに思い出していた。

今度《こんど》の夏になったら、窓華は行ってしまうんだ、と。

窓華は切《き》り株《かぶ》から、はねるように立ちあがった。

「ええ〜、なんで知ってるの？　もしかしてみーんな知ってるの？」

一成の名前を出してはいけないと思って、葉太はあわてた。

「知らないよ、知らない。おれが聞いたのは、極秘《ごくひ》ルートからだし。」

あーははは、と窓華が笑《わら》いだした。目から涙《なみだ》がまだぽろりとこぼれているので、泣《な》き笑《わら》いだ。

「なに、極秘《ごくひ》ルートって？　探偵《たんてい》みたい。」

「まあね。」

葉太は、探偵《たんてい》といえばぼうしかな、と思い、バッグに入れていたぼうしを取《と》りだして深々《ふかぶか》とかぶってポーズをとってみた。笑《わら》ってくれるかと思った窓華は、小道を歩きだしていて、こちらを見ていなかった。

「うん、そう。転校《てんこう》。それにしても小笠原《おがさわら》って遠いよね。飛行機《ひこうき》はなくて、船で二十五時間だって。」

「え？　東京に行くって聞いたけど……極秘《ごくひ》ルートから。」

「はは。小笠原《おがさわら》も東京都《とうきょうと》だよ。」

そういえばそうだ。前にハカラメについて調《しら》べたときのことを、葉太は思い出した。

「うちのお父さん、海の研究《けんきゅう》してるから。小笠原《おがさわら》に、噴火《ふんか》でできた新しい島《しま》があるのね。それが海に与《あた》える影響《えいきょう》を調《しら》べるんだって。」

「そうなんだ……。」

「クラスのみんなとも、当分会えなくなる。でも、それはまあいいの。」

「え？」

「ほら、メールできるし。動画《どうが》の電話みたいなのもあるでしょ？　だから顔も見られる。」

葉太は、窓華の後ろから歩きながら、声は出さずうなずいた。

「問題《もんだい》は、家族《かぞく》。置《お》いてくことになっちゃうから。」

「だれを？　おばあちゃん？」

「ううん、おばあちゃんはいっしょに行く。だから、家にだれもいなくなっちゃうの。なのに、ジルのお墓《はか》はそのまま。」

「ジルって？」

窓華はふりかえった。

「ワンコ。十五年間うちにいた犬。あたしのお姉ちゃんみたいな。三週間前、死《し》んじゃったの。最期《さいご》、あたしたちみんなに囲《かこ》まれて、だんだん、だんだん体が冷《ひ》えていって……。」

涙《なみだ》がこぼれ落《お》ちる。葉太はハンカチを渡《わた》そうと思ってポケットの中を探《さぐ》った。家に忘《わす》れてきたようで、からっぽだった。

「ジルのお墓《はか》は、うちの庭《にわ》のすみに作ったの。ハナミズキの木の下にねむってる。ちょうど今、花が咲《さ》いててね。花びらが散《ち》ると、お墓《はか》の上にひらひらって落《お》ちるんだ。」

「どんな犬？」

「柴犬《しばいぬ》。うちのお父さんとお母さんとあたしとおばあちゃん、みんなの足音をちゃんと聞き分けて、ほえる声がちがったんだよ。」

「そっか……。」

「いちおう、帰ってくる予定《よてい》なんだ。」

「え？」

「小笠原《おがさわら》に最低《さいてい》でも三年はいるけど、そのあと、たぶん帰ってくる。だから、家は売ったりしないで、そのままにしておく。そのこと、ジルにわかってほしいんだけど、きっとわかんないよねえ。ある日、家がしーんとしちゃって、庭《にわ》にだれも出てこなくなって、あれ、どうしたんだろう？　ってジルはしょんぼりするの。あ、こんなこといってたら、また泣《な》いちゃう。やだもう、涙《なみだ》。」

「あれ、おれの木。」

葉太は話をそらそうと、前方を指差《ゆびさ》した。

「あの、幹《みき》がつるつるの？」

「ううん、それはとなりのサルスベリ。その向《む》こうの小さいやつ。」

葉太は、ハカラメを指《ゆび》さした。明るい黄緑《きみどり》の葉《は》が目《め》一杯《いっぱい》開《ひら》いて、西日を受《う》け止めている。

「かわいい……。」

「この木、小笠原《おがさわら》にいっぱい生えてるんだって。」

「ほんと!?」

涙《なみだ》は止まったみたいだ。

「校長先生もこれ、小笠原《おがさわら》から持《も》ってきたっていってた。」

「先生も小笠原《おがさわら》に行ったこと、あるんだ。向《む》こうに行ったら探《さが》してみる。」

「うん。窓華の木は？」

「あっち。逆方向《ぎゃくほうこう》の一番奥《おく》。」

「なんて木？」

「ナツツバキ。」

「観察《かんさつ》ノートは書いてる？『ぼくの木わたしの木』。」

「四年生までは書いてた。」

「今はもう書いてないの？」

「一冊終《さつお》わっちゃったから。」

「エッ。」

自分が学年で一番に書き終《お》わったと思っていたのに……。でも葉太は、校長先生が、二冊目《さつめ》を取《と》りに来た子がいるのは数年ぶりだ、と話していたことを思い出した。

「二冊目《さつめ》は？」

窓華は首を左右にふった。そして紺色《こんいろ》のヘアバンドをいったんはずして、また髪《かみ》につけ直しながらいった。

「書かない～。ナツツバキ、キライなんだもん。」

「え、どうして？　その木はどこにあるの？」

窓華はしぶしぶといったようすで、小道をUターンし、一成のクヌギの木を通り過《す》ぎ、また小道がUの字を描《えが》いて折《お》り返《かえ》すところまで歩いていった。

「これ。」

つきあたりに植《う》えられているナツツバキは、七メートルほどだろうか。すらりと背《せ》の高い木だった。

「かっこいい木だね。」

「花がね、イヤなの。」

「なんで。」

「白くてきれいな花なんだけど、咲《さ》いたら一日で枯《か》れて、ぽとって地面《じめん》に落《お》ちちゃうんだよ。」

「へー、おもしろい。」

「おもしろくないよぅ。わたしは、自分に似《に》てる気がしちゃう。」

「え？」

「最後《さいご》の登校《とうこう》の日にバイバイしてさ、わたしがいなくなったら、みんなの頭のなかからわたしの思い出がパッと落《お》ちちゃって、忘《わす》れられちゃうの。それと同じな気がする。」

「同じじゃないだろ。」

葉太は、ナツツバキをそっと見上げた。この木もサボテンのように、人の言葉《ことば》がわかるのだろうか。イヤだといわれて、ショックを受《う》けていないだろうか。

急《きゅう》にひらめいた。そうだ、いっしょに今から奥《おく》の庭《にわ》に行ってみるというのはどうだろう。葉太がカギを開《あ》けて同時に通れば、ノートの二冊目《さつめ》をもらっていなくたって、窓華も入れるはずだ。

「あのさ、庭《にわ》の奥《おく》のほうに、ヒミツの場所《ばしょ》があるんだけど行って――。」

いい終《お》わる前に、窓華は首を横《よこ》にふった。

「これ以上《いじょう》、学校の思い出は増《ふ》やさなくっていいや。ありがとっ。」

窓華は歩きだしかけて、ステップを踏《ふ》むようにくるっとふりかえって、手をふった。

「今日話したことは、ふたりのヒミツだよ～。えへへ。」

「うん、わかった……。」

ヒミツはうれしいけれど、結局《けっきょく》、自分はなやみをなにも解決《かいけつ》してあげられなかった。

ナツツバキのそばから奥《おく》へ入り、いつもとは逆向《ぎゃくむ》きに、フェンスに沿《そ》って木戸まで歩いた。フキが何本も、細い茎《くき》をのばしている。

木戸をぬけると、アオノリュウゼツランのそばにお父さんがいた。温室《おんしつ》のおばさん、それから元園長さんも。

「どうしたの？」

葉太がたずねると、お父さんは長くのびた固《かた》い葉《は》をさすりながら、ニコニコして答えた。

「咲《さ》くみたいなんだ。」

「えっ。」

「まだ予感《よかん》だがね。我々《われわれ》、もう自分に命《いのち》がないから、なおさら感《かん》じるのかもしれない。この葉《は》っぱから、ひときわ生命《せいめい》のみなぎる力を感《かん》じるんだ。きっとパワーをためて、花を咲《さ》かすんだと思う。」

「それって、いつごろなの？」

「来月の終わりには、完全《かんぜん》にわかるかな。で、咲《さ》くのはきっと七月くらいだ。」

「へえ！　去年《きょねん》、四十六年だったから今は四十七年かな。」

「ああ、そう。四十七年。ここまで大きく育《そだ》って葉《は》を広げて、生涯《しょうがい》にたった一度《いちど》咲《さ》く。」

葉太は、アオノリュウゼツランの前に立った。花を見てみたい。でも一方で、ムリには咲《さ》かなくてもいいよ、とも思う。お父さんは前に、植物《しょくぶつ》の世話《せわ》をするのはアオノリュウゼツランの開花《かいか》を見るまで、といっていた気がするから……。

ともかく、早く一成にニュースを伝《つた》えよう。今日は野球《やきゅう》クラブの練習《れんしゅう》の日なので、グラウンドにまだいるかもしれない。

しかし、林を出てグラウンドを通ると、練習《れんしゅう》は終《お》わったようで、部員《ぶいん》はもうだれもいなかった。通用門のそばには、女子がひとりだけ立っている。

あ、望果……。

十本のサクラを順《じゅん》に見上げては、なにかメモをとっていた。

「望果、バイバイ。」

声をかけると、望果は、

「シューズのひも、ほどけてんぞ、ばーか。」

と、舌《した》を思い切り出した。

＊

観察《かんさつ》ノートをつけはじめてから、もうすぐ一年がたとうとしている。五月の終《お》わり、葉太は非常階段《ひじょうかいだん》でヤマモモの実《み》をスケッチした。真《ま》っ赤《か》に熟《じゅく》したら、今年はハシゴを使《つか》って、取らせてもらうことになっている。家に持《も》って帰って、ジャムを作ってみたいのだ。よく洗《あら》ってから、砂糖《さとう》とレモン汁《じる》と水を入れて、煮《に》ればいいらしい。

教室へもどって、葉太はバッグに荷物《にもつ》を入れた。今日は、一成は塾《じゅく》の日で、とっくにいない。ほかの子も帰ってしまっていて、教室にいるのはただひとりだ。帰るとき電気を消《け》したほうがいいのかもしれないけれど、窓華の机《つくえ》の上に、まだバッグが置《お》いてあることに気づいた。もう、ひとつ、望果の机《つくえ》の上にも。

「あ、葉太くん、まだいたんだ。」

前の入口から窓華が入ってきた。

「窓華こそ。」

「先生に呼《よ》ばれてたの。引《ひ》っ越《こ》しのこととか、転校《てんこう》のこととか。」

「ふうん。朝美《あさみ》たちは？」

いつも窓華といっしょに行動《こうどう》している女子は四、五人いる。そのうちのひとりの名前をあげてみると、窓華は首をかしげた。

「たぶん、帰っちゃった〜。」

「へえ。女子って、そういうとき待《ま》ってて、みんなで帰るのかと思ってた。」

「前はそうだった。でも、最近《さいきん》ちがうんだ。ほら、転校《てんこう》する話、みんなにしたでしょ？　先週。」

「うん。」

「それで、いわれたんだ。朝美《あさみ》たちに。窓華がいなくなっちゃうことに、あたしたち、慣《な》れなきゃ、って。」

「ふうん……そうなんだ。」

「それは、わかるんだよね〜。あたし、すごいうるさいし、さわぐでしょ？　さわぐだけさわいでいなくなったら、周《まわ》りの子は、慣《な》れないよね。」

「それで、みんな先に帰ったってわけ？　冷《つめ》たいな。」

「別《べつ》に冷《つめ》たくないよ～。学校にいる間は、みんなやさしいしさ。」

そんなことをいいながら、またひとりぼっち、木立でうずくまるつもりだったんじゃないだろうか？　いつもそうやって見せないようにするから、窓華がさびしがって泣《な》くなんて、みんな想像《そうぞう》つかないんだよ。

「年をとっていくって、いっぱい新しいことや楽しいことに出会えるんだ、増《ふ》えていくんだ、って思ってたけど、逆《ぎゃく》なのかもね。減《へ》っていくのかも。いろんなものがこぼれ落《お》ちていって、サヨナラしなくちゃいけない。友《とも》だちだけじゃない。ジルだってそうだったし。」

葉太は言葉《ことば》を探《さが》した。

「なんかおれ……。」

なかなかうまくまとめられない。

たしかに減《へ》っていくのかもしれない。自分も、お父さんとのサヨナラが待《ま》っているのかもしれない。けれど、あの庭《にわ》に行くたびに、会えて、話せて、言葉《ことば》をもらって、心にしまってる。

窓華もそうじゃないか？　これ以上《いじょう》、学校の思い出は増《ふ》やさなくていいといってたけど、減《へ》っていく気がするなら、そのぶん増《ふ》やしたほうがいいんじゃないか？　転校《てんこう》しちゃったら、この学校の思い出はどうやっても増《ふ》えないんだから。女子たちがやらないなら、おれが協力《きょうりょく》したってかまわない……よな？

「あのさ！」

「ん？」

「観察《かんさつ》ノートはどこ？」

「ロッカーの中。」

「見せてよ。」

「えー、一年から四年までに書いたから、字も絵もヘタだし〜。」

そういいながらも窓華は立ちあがって取《と》りに行く。

受《う》け取《と》った葉太は、ページを次々《つぎつぎ》とめくった。

「わー、すげー。まじめに書いてる。」

資料《しりょう》をコピーしてはることもなく、窓華はきちんと自分で観察《かんさつ》して、記録《きろく》している。ナツツバキの花の絵もあった。真《ま》っ白《しろ》で花の中央《ちゅうおう》が黄色い。色エンピツでさらさらとぬられている。

「ちょっとー、あたしだけずるいよ。葉太のも見せてよ。」

そういわれたので、今、使《つか》っている三冊目《さつめ》を渡《わた》した。

「え、なにこれなにこれ？　これ、葉太くんの想像《そうぞう》で描《か》いたの？」

窓華がアオノリュウゼツランを指差《ゆびさ》す。

「本当にあるんだよ。おれの背《せ》よりも高いの。」

「うそっ。」

「見たい？」

「うん、見てみたい！」

「じゃあ、校長室へ行こう。」

「え、行ったことないよ。校長室なんか。」

窓華はとまどっているけれど、葉太はもう、前みたいにあの部屋《へや》をこわいとは思わない。雑《ざつ》にノックして、

「はい。」

と返事《へんじ》が聞こえた瞬間《しゅんかん》、葉太はもうドアを開《あ》けていた。先生はやっぱり、窓華のノートが一冊《さつ》終《お》わったことを喜《よろこ》んで、新しいカギを渡《わた》してくれた。

「今からふたりとも庭《にわ》に行くの？」

「はい！」

窓華の返事《へんじ》を待《ま》たず、葉太はいさんで答えた。

「じゃあ、わたしも行こうかな。」

校長先生が立ち上がったときだった、ドアがすうっと開《あ》いた。

「あれ？」

望果が立っているではないか。つかつかと歩いてきて、先生に観察《かんさつ》ノートを差《さ》しだす。

「あたしも。」

「え、望果、全然《ぜんぜん》興味《きょうみ》ないって顔、してたじゃないかぁ。」

葉太はツッコまずにはいられない。

「はぁ？　興味《きょうみ》ない顔っていったいどんな顔？　今ここで再現《さいげん》して見せてくださーい。」

アゴをひときわつきだしながら、望果が挑発《ちょうはつ》してくる。

「まあまあ、ふたりとも。そうか、きみはサクラの担当《たんとう》だったんだね。去年《きょねん》の秋に咲《さ》いたソメイヨシノか。」

ノートをめくりながら先生はうなずく。

「きみ、なかなかいい観察眼《かんさつがん》をしてるよ。」

先生にカギをもらって、望果はうれしそうにおじぎをしてから、葉太にだけ聞こえるようにささやいてきた。

「あたし、植物《しょくぶつ》じゃなくて幽霊《ゆうれい》の調査《ちょうさ》するから。」

「じゃあ、四人で行こうか。こんなに大勢《おおぜい》の子といっしょに行くなんて初《はじ》めてだねぇ。」

先生は張《は》り切《き》って先頭に立って林に行き、木戸を開《あ》けて、奥《おく》の庭《にわ》へ入っていく。

「わあっ、白い葉《は》っぱがあるーっ。」

窓華がむちゅうで指《ゆび》さしている。葉太は、去年《きょねん》同じように感激《かんげき》したことはおくびにも出さず、クールに、

「ハンカチノキっていうんだよ。」

と教えてあげた。

「どこにいるんだろ、幽霊《ゆうれい》。」

望果はまばたきをする間も惜《お》しむように、じっとあたりを見つめている。葉太は幽《ゆう》

霊《れい》のことをくわしく話そうか迷《まよ》った。あるいは望果は、自分で調《しら》べるほうが楽しいんだろうか。

いずれにしろ、小道をぬけて、橋《はし》を渡《わた》ったところで、そのことは頭から吹《ふ》き飛《と》んでしまった。

「あ……。」

アオノリュウゼツランに異変《いへん》が起《お》きていた。

リュウゼツランの中央《ちゅうおう》から、黄緑《きみどり》の茎《くき》が一本、まっすぐつきでている。それが数十センチならともかく、なんと三メートルくらいの高さにまでなっていた。

「これからますますのびるよ。そして一か月後くらいかな。あの先端《せんたん》に花をつけるんだ。」

校長先生がそう教えてくれる。葉太は見つめた。そうか花は咲《さ》くんだ。咲《さ》いてしまうんだなぁ。

新参者《しんざんもの》のふたりは、あまり興味《きょうみ》を持《も》たなかった。望果は、

「温室《おんしつ》に人影《ひとかげ》が見えた。探《さぐ》ってくる。」

と、ささやいて行ってしまった。窓華は、アオノリュウゼツランよりも、花にひかれているようすで、

「かわいい！」

といって、ネコノヒゲのヒゲの部分《ぶぶん》をなでている。

「となりの花もかわいい〜。このピンク色すてき。」

かれんに咲《さ》いている花に顔を近づける。

「ピンクレインボウっていうんだよ。」

校長先生が教えてくれた。葉太はノートを取《と》りだすのがめんどうになって、ボールペンで手のひらにメモした。そしてたずねた。

「レインボウって虹《にじ》、って意味《いみ》ですよね？　なら、ピンク色の虹《にじ》って変《へん》じゃないのかな？」

「はは、そうだね。花が長くのびて、茎《くき》の曲《ま》がるようすが虹《にじ》に似《に》ているから、その名前がついたんだよ。」

そして先生は、つけたした。

「気をつけたほうがいいよ。その花、虫を食べるからね。」

「ええっ。」

窓華が飛《と》びのいて、その勢《いきお》いで地面《じめん》にしりもちをついている。

「いやん、イッターイ。」

「オーストラリアから来た花でね。葉《は》っぱの部分《ぶぶん》がネバネバしていて、小さな虫をとらえて離《はな》さないんだ。」

「ちっとも虹《にじ》っぽくないよ〜。ロマンチックじゃな〜い。」

窓華が口をとがらせる。スカートについた土をはたきながら立ち上がって、ひとりごとのようにいう。

「でも花っておもしろい。いいなぁ、ジルもこういうところに来たら、はしゃぎまくっただろうなぁ。」

葉太は、ゴールデンシャワーの奥《おく》に、お父さんの背中《せなか》がのぞいているのを見つけて、ひとりそちらに向《む》かった。

お父さんは白い札《ふだ》に、油性《ゆせい》マジックで植物《しょくぶつ》の名前を書いては、それを地面《じめん》に差《さ》しこんで、古い札《ふだ》をとりのぞいている。

ちょんちょんと背中《せなか》をつついた。お父さんは下を見ていてもわかるらしい。

「葉太だな。」

「うん、なにしてるの？」

顔をあげたお父さんは、ちょうど札《ふだ》を見せてくれた。「タラヨウ」と書いてある。

「この木はね、葉《は》っぱに文字を書くことができるんだ。たとえば先のとがった枝《えだ》で書くと、その部分《ぶぶん》が黒っぽくなる。『郵便局《ゆうびんきょく》の木』とか『葉書《はがき》の木』とも呼《よ》ばれてるんだよ。」

「おもしろい。郵便局《ゆうびんきょく》の木って。」

「実際《じっさい》に、郵便局《ゆうびんきょく》で出すことができる。手のひらサイズの大きめの葉《は》っぱならね。切手をはれば、ちゃんと相手《あいて》の家に届《とど》くんだよ。」

「へえ。」

タラヨウの木は背《せ》が高く、その葉《は》っぱは大きくて青々《あおあお》としている。

「で、今、お父さんがなにをやってるかといえば、立て札《ふだ》の作り直しだよ。アオノリュウゼツランが満開《まんかい》になったら、観賞会《かんしょうかい》をやる予定《よてい》なんだ。」

「観賞会《かんしょうかい》？」

「そう。植物《しょくぶつ》が大好《す》きな人がたくさん来るからね。札《ふだ》を読みやすいように、作り直してるんだ。もう字がかすれたり、札《ふだ》が欠《か》けたりしているから。」

「ひょっとして、たくさん来るその人たちって——。」

葉太は声を落《お》とした。

「お父さんと、同じ人？　もう亡《な》くなった。」

「そうだね。もちろん、きみらをはじめ、生きてる人たちも。観察《かんさつ》ノートを何冊《さつ》も書いた、植物好《しょくぶつず》きの卒業生《そつぎょうせい》は何人もいるからね。」

「そうなんだ……。」

頭のなかを一つのアイデアがぐるぐる回りだしていた。葉太は思い切って、それを口にしてみた。

「その観賞会《かんしょうかい》の日、死《し》んだ人がたくさん来るなら、死《し》んだ犬も来ること、できるのかな？」

「え？」

小道の向《む》こうに見える窓華のほうを指《ゆび》さしながら、葉太はお父さんに説明《せつめい》した。死《し》んでしまったジルのこと、そのジルのお墓《はか》を置《お》いて、もうすぐ窓華は転校《てんこう》しなくてはならないこと。

「さぁ、どうだろうな……。」

お父さんは困《こま》った顔で首をひねった。

「ほら、『奇想天外《きそうてんがい》』のエネルギーで、ここでは命《いのち》を借《か》りて復活《ふっかつ》することができる、って話、前にしたろ？」

「うん。」

「でも、たぶん、大前提《だいぜんてい》として、植物《しょくぶつ》が大好《だいす》きで大好《だいす》きで、っていう人しか、そのエネルギーと共鳴《きょうめい》できない気がするんだ。」

「そうか……犬はムリか。」

「ごめんな。」

「でも、聞くだけ聞いてみることできる？」

「ん？　だれに？」

「温室《おんしつ》のおばさんだよ。あの人、窓華のひいおばあちゃんらしいんだ。窓華が生まれる前に死《し》んじゃったそうだけど。」

「ほーぅ。」

あごをごりごりと手でさすりながら、お父さんは考えこんだ。

「うん、おばさんには伝《つた》えておくよ。犬はおそらく無理《むり》だろうが、おばさんは必《かなら》ず来るから。」

「ありがと。」

葉太は小道を通り、橋《はし》を渡《わた》って、もう一度《いちど》アオノリュウゼツランを見に行った。ほんの三十分くらいの間に、さらに茎《くき》がにょきっとのびたように見えた。自分の身《しん》長《ちょう》みたいだ、と葉太は思った。この間の身体測定《しんたいそくてい》でまた背《せ》は伸《の》びて、百六十六センチになったのだ。前はどこまで高くなるのか少し心配《しんぱい》だったけど、今は百八十七センチまでのびたいと願《ねが》っている。お父さんとぴったり同じ身長《しんちょう》になれたらいいな、と。

＊

観賞会《かんしょうかい》当日の待《ま》ち合わせは、ナツツバキの下だった。

土曜日なので、学校は休みだけれど、校長先生が特別《とくべつ》の許可《きょか》をくれた。それで、窓華は校門から入った。先生が何人か仕事《しごと》をしに来ているみたいで、教員室《きょういんしつ》に人影《ひとかげ》が見える。

空は、ほぼ真《ま》っ青《さお》だ。二か所《しょ》だけ、かすれた絵筆《えふで》でぬったような白い雲がういている。真夏《まなつ》のわりに風はめずらしく北から吹《ふ》いていて、そのせいで気温《きおん》は三十度《ど》を切って、比較的《ひかくてき》過《す》ごしやすい。

窓華が林に入って小道を左側《ひだりがわ》へ行くと、つきあたりにナツツバキの木がある。葉太が先に来ていて、しゃがんで地面《じめん》を見ていた。大きな白い花が、いくつか転《ころ》がっている。

「あ、葉太くん。ほらね、前に話したでしょ。ナツツバキって、一日で枯《か》れて、こんなふうに下へポトッと落《お》ちちゃうんだよ。」

葉太がしゃがんだまま、顔だけ上げた。

「でもさ、今日もまた新しい花が五つ、六つ、咲《さ》いてる。」

「あ、うん。」

「明日咲《さ》きそうなつぼみも、あるよ。」

「そっか。そうだよね。一輪《りん》一輪《りん》は一日だけでも、ナツツバキの木は毎日花を咲《さ》かせてるんだね。」

窓華は、落《お》ちた花をひろって香《かお》りをかいだ。ほんのり甘《あま》いにおいがまだ残《のこ》っている。

「お待《ま》たせ。といっても、まだ約束《やくそく》より三分前だけどな。」

一成が現《あらわ》れた。ふだんは土曜日も練習《れんしゅう》があるけれど、明日《あす》が練習試合《れんしゅうじあい》なので、今日はその代《か》わりに休みがもらえたそうだ。

「みんな早いねー。」

そういいながら望果が現《あらわ》れたのは、さらに五分後だった。

「みんなが早いんじゃなくて、おまえがおそいの。」

たった二分のちこくだが、一成はきびしく指摘《してき》して、望果は、

「少しくらい、いいじゃん。」

と、ふくれている。

「よし、これでそろった。観賞会《かんしょうかい》にゴー！」

葉太が、いせいのいいかけ声をかけたが、窓華はうつむいた。

「あのね……あたし、いちおうここまでは来たけど、やっぱやめとく。」

「えっ！　どうして。」

「望果ちゃんに聞いたんだけど……今日集《あつ》まる人って……その……幽霊《ゆうれい》なんだってね？」

望果は怖《こわ》い話が大好《す》きらしく、庭《にわ》は幽霊《ゆうれい》だらけなんだよ、と、ひとりひとりについて、窓華に細かく説明《せつめい》してくれたのだ。葉太も、特別《とくべつ》に仲《なか》のいい幽霊《ゆうれい》がいて、いつもいっしょにしゃべってるらしい。「そのせいで、葉太は少しずつそのおじさんに顔が似《に》てきたんだよ」と、望果はふふふと笑《わら》うのだった。

きっと大げさにいっているのだ。幽霊《ゆうれい》なんて信《しん》じないし。そう思ってはいても、笑《わら》いとばすことはできない。

「ご、ごめんね。そういう話を聞くとあたし……。」

じりじり、と窓華は後ずさりした。

葉太と一成が顔を見合わせている。そして葉太が、

「わかった。」

というので、帰っていいのかと思ったら、葉太は窓華に背中《せなか》を見せた。

「おんぶするよ。はい、背中《せなか》に乗《の》って。」

窓華は目をぱちくり見開《みひら》いたまま、身動《みうご》きできなかった。

「え？　おんぶ？」

「だから、おれがおんぶしてたら、安心《あんしん》だろ？」

「けっ、気取《きど》りやがって。ヨータンのくせに。」

茶々《ちゃちゃ》を入れてきたのは望果だ。

「おんぶなんて、そんな。あたし体重《たいじゅう》あって、葉太くんたおれちゃう。バタッ。」

頭のなかでそのようすを想像《そうぞう》してしまい、窓華はおもわずくすっと笑《わら》った。葉太は、
右手を差《さ》しだしてきた。

「だったら、手をつなごう。」

「え。」

「そしたら、きっとこわくないから。四十七年生きてきて、今年がたった一度《いちど》の開花《かいか》なんだよ。たまたまその年に、おれたちは六年生で、見届《みとど》けることができるって、すごいことだよ。」

窓華はゆっくりと顔を上げた。

「うん、わかった。」

左手を差《さ》しだした。葉太は指《ゆび》と手のひらで、ぎゅっと窓華の手のひらをおおった。フェンスに向《む》かって歩きだしたところで、窓華は急《きゅう》に緊張《きんちょう》してきた。

あれ……？ 勢《いきお》いでこうなったけど、よく考えたら葉太と手をつないじゃってる！ずっとにぎってていいのか。どこかではなしたほうがいいのか……。

そんなことを思っている間に、先頭の一成が木戸を抜《ぬ》け、続《つづ》いて望果がぬけた。あとに葉太と窓華が続《つづ》く。

「わぁ……。」

アオノリュウゼツランのエネルギーが、ほかの植物《しょくぶつ》にも届《とど》いているのだろうか。どの木も、ひときわ葉《は》っぱがつやめいている。まだ名前を覚《おぼ》えていない木々《きぎ》の、たくさんの花が咲《さ》き乱《みだ》れ、甘《あま》い香《かお》りがふんわりとそよ風に乗《の》って流《なが》れてくる。

校長先生が年配《ねんぱい》の女の人ふたり連《づ》れといっしょに、小道を歩いてきた。

「こんにちは。」

窓華たちがあいさつをすると、

「楽しんでおいで。」

と、校長先生はほほ笑《え》んだ。

ベンチにはメガネをかけたおじいさんがひとり座《すわ》って、ゴールデンシャワーの梢《こずえ》を見上げている。口の左側《ひだりがわ》の大きなホクロが目立つ。望果がふりかえってバチバチ目配《めくば》せした。どうやらこの人も幽霊《ゆうれい》らしい。葉太がおじぎをして通り過《す》ぎたので、窓華も真似《まね》をした。

橋《はし》を渡《わた》ったところには、すでにたくさんの人たちがいて、まるで花火をながめるように、上を見ている。

「想像《そうぞう》とずいぶんちがったぜ。もっとカラフルな、南国っぽい花かと思ってた。」

一成がつぶやきながら、観察《かんさつ》ノートにスケッチしはじめた。

窓華もそう思った。ユリの花のような、あるいはナツツバキのような、香《かお》りのいい大きな花を想像《そうぞう》していたのだ。

けれど実際《じっさい》はちがった。長く長く、七メートルほどのびた茎《くき》の上のほうから、何本も何本も枝分《えだわ》かれして、それぞれの枝《えだ》にまるで松《まつ》の葉《は》っぱのような形の、小さくて細い黄緑色《きみどりいろ》のものが何千もついている。それが、アオノリュウゼツランの花なのだ。

近づけばもっときれいなのかもしれないが、地上からだとホウキを逆《さか》さまにしたような、ちょっぴり間のぬけた形にも見える。

「咲《さ》き終《お》わるころには、葉《は》の部分《ぶぶん》も全部枯《ぜんぶか》れちゃうんだよね。さびしいね。」

窓華はつぶやいた。

「うん。けど、あと何週間か咲《さ》いてるみたいだよ。」

葉太がそう答える。

望果だけは、ふーんと軽《かる》く見上げたあとで、ベンチのほうをふりかえって、

「元園長、まだいる。あたし、突撃取材《とつげきしゅざい》してくる。あなた死《し》んでますよね？　って。カメラ持《も》ってくればよかったー。幽霊《ゆうれい》って写《うつ》るのかな？　写《うつ》らないのかな？」

目をきらきらさせて、行ってしまった。

窓華は幽霊《ゆうれい》のことを思い出した。このままずっと葉太と手をつないでいたら、その仲良《なかよ》しのおじさんの幽霊《ゆうれい》という人も現《あらわ》れるのだろうか。

幽霊《ゆうれい》なんていない。幽霊《ゆうれい》なんていない。幽霊《ゆうれい》なんていない。窓華は頭のなかでくりかえした。

「温室《おんしつ》に行ってみない？」

前方のガラス張《ば》りの建物《たてもの》を、葉太は指《ゆび》さした。

「あそこに、すごいパワーを持《も》った、植物《しょくぶつ》があるんだ。」

「うん、行ってみる。」

うなずいた窓華は、葉太と手をつないだまま温室《おんしつ》へ入った。

「わあ、きれい。」

ブーゲンビリアやプルメリアなど、熱帯《ねったい》の植物《しょくぶつ》たちが、あざやかな色の花をそここに咲《さ》かせていて、まるで本当にどこか外国のジャングルに来たみたいだ。

バナナが、窓華の二倍《ばい》近い高さまで、葉《は》を広げている。

「この部屋《へや》を出て、向《む》こう側《がわ》に行くと、まるっきり雰囲気《ふんいき》がちがうんだよ。」

葉太は窓華を、砂漠《さばく》の植物《しょくぶつ》たちの部屋《へや》に連《つ》れていった。うってかわって、ここはすずしくて、湿度《しつど》がなくてからっとしている。

「わ、、汗《あせ》が引いてく。キモチいい。」

窓華は不意《ふい》に気がついた。自分の手のひらがぬれている。

「あたし、汗《あせ》だらけの手だった。ごめんねぇ。」

窓華は左手をぱっと放《はな》して、葉太に謝《あやま》った。

「おれがゴメン。たぶんおれの汗《あせ》だ〜。」

へへ、と笑《わら》った後、葉太は前方を指《ゆび》さした。

「あれが、『奇想天外《きそうてんがい》』だよ。二千年、二枚《まい》の葉《は》っぱをのばし続《つづ》ける、砂漠《さばく》の植物《しょくぶつ》。」

「すごい……。ありがと。転校《てんこう》前にここへ来られてよかった。」

「うん。」

ふたりが温室《おんしつ》を出たときだった。とつぜん、窓華は両手《りょうて》をぱちんと合わせて、ぼう立《だ》ちになった。

「ジ、ジル……？　うそだよね？　ジル……でもジルだよね？」

温室《おんしつ》の建物《たてもの》の陰《かげ》に柴犬がいた。足元の草をもぐもぐと食べていたが、窓華の声に反《はん》応《のう》して顔を上げた。目をまんまるにして、こちらに向《む》かって走ってくる。

まちがいない。三週間前に、みんなに見守《みまも》られながら死《し》んだジル。冷《つめ》たく、かたくなった体を、庭《にわ》のすみの穴《あな》にうめて、お墓《はか》を作ったのに。

「ねえジル。うそ、どうして？　首輪《くびわ》、あたしが買ってあげたハートのししゅうがついてるやつ。いっしょにお墓《はか》にうめたよね？　ねえ、どうしてここにいるの？」

しゃがんだ窓華のほっぺたを、ジルはぺろぺろなめまくっている。

「おばさん、連《つ》れてきてくれたんですね。」

葉太がおじぎをしている。窓華がちらっと見上げると、前髪《まえがみ》を青く染《そ》めたおばさんがいた。どこかで会ったことがある……かも?

窓華はジルをだいて立ちあがった。ちゃんとやわらかい毛の感触《かんしょく》がある。

青い髪《かみ》のおばあさんはほほえんだ。

「葉太くん、あなたのお父さんから伝言《でんごん》を聞いたのよ。」

え、お父さん……? 葉太はお父さん、いないはずだけれど。窓華はジルをぎゅっとだきなおした。

「でも、お父さんはムリかもっていってた。ここには植物《しょくぶつ》が好《す》きじゃないと入れないからって。」

葉太が答える。会話の意味《いみ》がわからなくて、窓華はふたりの顔を交互《こうご》に見た。

ふふふふ、とおばさんは口元をおさえて笑《わら》う。

「ジルにはね、大好《す》きな植物《しょくぶつ》がひとつだけあったのよ。」

「え？　犬なのに？」

「そう、ジルはイヌムギっていう雑草《ざっそう》が大好《す》きでね。散歩《さんぽ》のたびに、見つけては食べてた。だから、この庭《にわ》のすみっこに、イヌムギをいっぱい植《う》えさせてもらったの。そうしたら、けさ、庭《にわ》に現《あらわ》れたのよ。」

「すごい。」

「ほかにもイヌムギ好《す》きな犬が五匹《ひき》くらい現《あらわ》れて、ちょっと困《こま》ってるけど。」

おばさんはそんなに困《こま》っていなさそうな顔で、口元をおさえて笑《わら》った。たしかにすぐそばの芝生《しばふ》の上で、プードルとフレンチブルドッグがじゃれあっている。

「そっかー。犬にも好《す》きな植物《しょくぶつ》があるんだな。おまえも観察《かんさつ》ノートつけりゃいいのに。」

葉太がジルに話しかけるので、窓華はおもわずぷぷっと笑《わら》ってしまった。

「ジルがペン持《も》ってノート書いてるとこ、見てみたい～。」

それから窓華は、おばさんの目を正面《しょうめん》から見た。そしてたずねた。

「おばさんは、あたしのおばあちゃんのお母さん？」

「え、おい、あ……いや。」

葉太があわてている。

「どうしたの？　葉太くん。」

「いや、幽霊《ゆうれい》ってわかって、大丈夫《だいじょうぶ》なのかなって。」

にこっとおばさんは笑《わら》った。

「あと一年生きていたら、あなたが生まれるところ、見届《みとど》けられたのに、わたしったら。はじめまして、窓華ちゃん。」

「はじめまして、ひいおばあちゃん。おしゃれで、ヘアサロンに行くたびに前髪《まえがみ》の色を変《か》えてた、って、おばあちゃんに聞いたことある。」

「ふふ。」

窓華は葉太のほうへ向《む》き直った。

「本当の幽霊《ゆうれい》って、頭で勝手《かって》にこしらえてたお化《ば》けとまるっきりちがうんだね。ちっともこわくないよ。」

「うん、そう。そうなんだ」

葉太がうなずく。窓華はふたたびおばさんと話しはじめた。

「ジルを連れてきてくれたの？」

「そう。ジルは、あなたの犬でもあるけど、わたしの犬でもあるのよ。」

「うん。」

「もうすぐ転校《てんこう》するそうね。遠いの？」

「うん、小笠原諸島《おがさわらしょとう》の父島《ちちじま》っていうところ。」

「あら、すてきね。」

「そうかな……。」

「それで、ジルのお墓《はか》を置《お》いていくのが心配《しんぱい》だって、なやんでいたそうね。」

「うん……。」

「でも、なやむ必要《ひつよう》まったくないってわかったでしょ？」

「え？」

「だって、ジルはお墓《はか》の中でおとなしくねてなんかいないんだもの。今だってほら、ここでイヌムギ食べて、はしゃぎまわってるでしょ？」

「あ……そっか！」

「だから、何も気にしないで、行っておいで。」

「そうか。うん……。」

ジルは、おなかを見せて、ごろごろ芝生《しばふ》の上を転《ころ》がっている。葉太はどこに行ったのかと、窓華は目で探《さが》した。

「ああ、あの人……。」

葉太は、背《せ》の高いおじさんに話しかけていた。望果のいっていた、葉太と仲良《なかよ》しの幽霊《ゆうれい》らしい。

おばさんもといい、ひいおばあちゃんが教えてくれた。

「あの人はね、葉太くんの亡《な》くなったお父さん。」

「え。」

たしかに、似《に》ていた。あと何十年かたったら、葉太はこんなふうなおじさんになるんじゃないかと思える、がっしりした体格《たいかく》のあったかい笑顔《えがお》の男の人だった。

「この植物園《しょくぶつえん》の管理人《かんりにん》をやってるのよ。」

望果が「仲《なか》が良《よ》すぎて葉太が幽霊《ゆうれい》に似《に》てきた」といっていたのを窓華は思い出した。

ついウフッと笑《わら》ってしまった。

「親子だったら、似《に》てるの当然《とうぜん》だよね。」

「そうね。」

「じゃあ、葉太くんはいっつもこの庭《にわ》でお父さんと会えてるんだね。よかった。あ、ジル。こら。」

窓華のスニーカーのひもを、ジルが引っ張《ぱ》っている。

「ふたりだけで話をしないで、自分にももっとかまってっていってるんだね。よしよし、ジル、遊《あそ》ぼう。」

スニーカーを脱《ぬ》いで、窓華は小さく放《ほう》った。ジルはすっ飛《と》んでいって、それをくわえてもどってきた。昔《むかし》から、ジルの大好《す》きな遊《あそ》びだった。

＊

ジルと窓華とおばさんが遊《あそ》んでいるすぐそばで、葉太はお父さんとたたずんで、アオノリュウゼツランの花を見上げていた。

不意《ふい》に、お父さんの大きな手が近づいてきて、葉太の頭をなでた。

「あと、二週間か三週間で、アオノリュウゼツランは枯《か》れる。」

「うん。」

「そうしたら、お父さんは庭《にわ》の管理《かんり》の仕事《しごと》を、別《べつ》の人にゆずるつもりだ。」

「うん……前にいってたよね。」

のどの奥《おく》がツンとする。お父さんと一年間たくさん話してきた。じゅうぶんだったただろうか……？

「お父さん、質問《しつもん》していい？」

ぱちぱちとまばたきして、お父さんは答えた。

「お、なんでも聞いていいぞ。」

「お父さんは、いつまで身長《しんちょう》がのびた？」

「そうだなぁ、高一くらいまでかな。」

「じゃあ、ヒゲっていつごろ生えてきた？」

「毎日ヒゲそりを使《つか》うようになったのは、高校に入ってからかなぁ。もっと後のやつも多かったぞ」

「ふうん。あと、下の毛ってさ。ずーっとのび続《つづ》けるの？　自分ではさみでカットしなきゃなんないの？」

ハハッとお父さんは笑《わら》い出した。

「なんだよ。下の毛って、そんなことでなやんでるのか？」

つられて笑《わら》いながら、葉太は頭をぽりぽりかいた。

「今はまだなやんでないよ。でも、将来《しょうらい》なやんだときに、もうきけないいんだったら
――。」

ギュッと胸《むね》が痛《いた》くなる。お父さんが強くだき寄《よ》せてくれて、息《いき》が苦《くる》しくなったせいかもしれない。葉太は、同じくらいの強さでお父さんの背中《せなか》に両手《りょうて》をまわして、力をこめた。ふしぎと胸《むね》の痛《いた》みはやわらいだ。

「下の毛は、そんなにのびない。心配《しんぱい》しなくてもいいぞ。あとはなんだ？」

「お父さんが初《はじ》めてキスをしたのはいつ？」

「そんなこと、普通《ふつう》の親子は話さないぞ。」

「え、そうなの～？　じゃあ、お母さんのどこが好《す》きになったの？」

「いやー、参《まい》った。」

体をはなして、お父さんは笑《わら》いをこらえながらせきばらいしている。

「思い出し笑《わら》いしてるよね、お父さん。」

「高校のときに出会《であ》ったんだ。二年のとき、同じクラスになってな。お母さんは生物《せいぶつ》の授業《じゅぎょう》が苦手《にがて》で、おれに質問《しつもん》してきたんだ。それが最初《さいしょ》。」

「ふうん。」

もっと質問《しつもん》をしたい気もするし、もうたくさんきけた気もする。葉太はお父さんの胸《むね》に、頭をあずけた。

「葉太、人間と植物《しょくぶつ》は、似《に》ているところがあるかもしれないな。」

お父さんがしゃべると胸《むね》が動《うご》いて、ほっぺたや耳から細かい振動《しんどう》がじかに伝《つた》わってくる。

「そうかな。」

「いろんなものに出会って、いろんな人に出会って、そうしたらきっと、葉太のなかの根《ね》っこがどんどんのびていく。」

「うん。」

「もし大嵐《おおあらし》が来て、花が散《ち》ったり葉《は》っぱがもぎとられたりしても、根《ね》っこがしっかりしてたら、いつかまた花を咲《さ》かせられるからな。」

葉太はうなずいた。

ワン、と鳴き声がして、ジルが葉太のふくらはぎに頭《ず》つきしてきた。

「あ、ごめーん、葉太くん。ジルってば。」

窓華が笑《わら》っている。

「ジル。イヌムギ、好《す》きなんだよな。イヌムギってどの雑草《ざっそう》かな。」

そういった葉太を、お父さんがじろりとにらむ。もっとも口元には笑《え》みがうかんでいる。

「正確《せいかく》にいえば、雑草《ざっそう》なんて名前の草はないんだぞ。」

えへへ、母さんが話していたとおりのことを、お父さんってば、話してる……。

そう思いながら、葉太はゆっくりあたりを見まわした。

一成は、肩《かた》にとまったアゲハチョウを、追《お》いはらわずにこわごわ見つめている。

望果は元園長の幽霊《ゆうれい》と意気投合《いきとうごう》したのか、ベンチでげらげら笑《わら》ってしゃべっている。

窓華は、ジルの首輪《くびわ》の穴《あな》をひとつゆるめてあげている。

そして、お父さんは木立のほうへ歩いていって、「これがイヌムギだぞ」と指《ゆび》さしている。

アオノリュウゼツランは、そんなみんなを見下ろしながら、花を高々《たかだか》とかかげていた。

この風景《ふうけい》を忘《わす》れない、と葉太は思った。

*

二学期《がっき》が始《はじ》まった。

今年も残暑《ざんしょ》がきびしくて、学校から走って帰ってきたら、すっかり汗《あせ》だくだ。

葉太はポケットに入れていたタラヨウの葉《は》っぱを取《と》りだした。さっき木戸の向《む》こうの庭《にわ》で一枚《まい》、取ってきたのだ。

どうしても、窓華に伝《つた》えたいことができたから。

「葉太、お手紙来てるよ。」

「だれから？」

「森窓華さんっていう子。」

お母さんが封筒《ふうとう》をひらひらとふっている。

うわ、以心伝心《いしんでんしん》ってやつだ。

葉太は受け取《う》って《と》から、急いで居間《いま》に移動《いどう》してハサミを探《さが》したが、見つからない。待《ま》ちきれず、手で封《ふう》を切ったら、ぴりぴりと斜《なな》めに破《やぶ》れてしまったが、中の便《びん》せんはなんとか無事《ぶじ》だった。

葉太くん

元気ですか？

小笠原《おがさわら》に来て、一か月以上《いじょう》たちました。

葉太くんの担当《たんとう》している木、ハカラメだったよね？

こっちには、いーっぱいあるよ。

春になると小さな花が鈴《すず》なりに咲《さ》くんだって。

ほかにもね、タコノキっていう、おもしろい木があるよ。

根《ね》っこがタコの足みたいに、空中でスーッと伸びているの。

ここの学校では観察《かんさつ》ノートはないけど、自主的《じしゅてき》に続けるね。

また、新しい発見《はっけん》があったらお手紙書くね。

さいごにひとつだけ、いえなかったこと。

わたし、実《じつ》は葉太くんのことが好《す》きだったんだよ。


「えええぇ〜〜〜〜。」

葉太は背中《せなか》から、ばったりソファにたおれこんだ。

気づかなかったよ！　転校《てんこう》する前にいってほしかった〜。

「いったい何事《なにごと》？」

お母さんが苦笑《にがわら》いをうかべながら、スーパーで買ってきた牛乳《ぎゅうにゅう》や卵《たまご》を冷蔵庫《れいぞうこ》に入れている。

葉太は返事《へんじ》をせずに、二階《かい》へかけあがった。自分の部屋《へや》に入って、バタンとドアを閉《と》じ、そして机《つくえ》の前に座《すわ》った。

タラヨウの葉《は》っぱをうら返《がえ》しにする。そして、クリップの先端《せんたん》のはりがねで、東京《とうきょう》都小笠原村父島《とおがさわらむらちちじま》……と住所《じゅうしょ》を書きはじめた。クリップで傷《きず》つけた部分《ぶぶん》だけが黒くなって、まるでボールペンで書いたかのように、字がきざまれていく。

お父さんが教えてくれたように、この葉《は》は日本の国内だったら、そのまま切手をはって送《おく》れるのだ。「定型外郵便《ていけいがいゆうびん》」になるので、少し値段《ねだん》は高いけれど。

大きな葉《は》っぱだからたくさん書けると思っていたら、住所《じゅうしょ》と名前だけで半分が埋《う》まってしまった。

ぼくも好《す》きなんだよ、というのはちょっとはずかしくて文字にする勇気《ゆうき》がない。

だから最初《さいしょ》の予定《よてい》どおり、今日のニュースだけ書くことにした。

かれてしまったアオノリュウゼツランの横《よこ》から、

新しいアオノリュウゼツランが生えてきたよ!

芝咲葉太

ティーンズ文学館

ひみつの校庭

2015年12月1日　第1刷発行
2017年1月15日　第3刷発行

参考文献/施設/展覧会

『街路樹を楽しむ15の謎』渡辺一夫／著(築地書館)、『とっておき!名誉園長の植物園おもしろガイド―京都府立植物園公式ガイドブック』松谷茂／著(京都新聞企画事業)、『打って出る京都府立植物園- 幾多の困難を乗り越えて-』松谷茂／著(淡交社)、『図説 世界史を変えた50の植物』ビル・ローズ／著、柴田 譲治／翻訳（原書房)、
『世界の不思議な花と果実―さまざまなしくみと彩り』湯浅浩史／著(誠文堂新光社)、
『世界の葉と根の不思議―環境に適した進化のかたち』湯浅浩史／著(誠文堂新光社)、
江の島サムエル・コッキング苑、京都府立植物園、神奈川県立フラワーセンター大船植物園、
ウルトラ植物博覧会 〜西畠清順と愉快な植物たち〜

作者／吉野万理子（よしの・まりこ）
画家／宮尾和孝（みやお・かずたか）
装丁／城所 潤（ジュン・キドコロ　デザイン）

発行人／川田夏子
編集人／小方桂子
編集／山潟るり
編集協力／森一郎
データ制作／株式会社明昌堂
発行所／株式会社　学研プラス　〒141-8415東京都品川区西五反田2-11-8
印刷所／図書印刷株式会社

【お客さまへ】
ご購入・ご注文は、お近くの書店さまへお願いいたします。
この本に関する各種お問い合わせ先は次になります。
[電話の場合]
●編集内容については　TEL：03-6431-1615（編集部直通）
●在庫、不良品（乱丁、落丁については）販売部直通／TEL：03-6431-1197
[文書の場合]
〒141-8418　東京都品川区西五反田2-11-8
学研お客様センター『ひみつの校庭』係
この本以外の学研商品に関するお問い合わせは　TEL：03-6431-1002（学研お客様センター）
[お客様の個人情報の取り扱いについて]
本アンケートの個人情報の取り扱いに関するお問い合わせは、
幼児・児童事業部(電話03-6431-1615)までお願いします。
当社個人情報保護については当社ホームページをごらんください。